복
자
에
게

김금희
장편소설

복
자
에
게

문학동네

차 례

복자에게 _007

작가의 말
결코 미워하지 않을 날들에 대한 이야기 _239

1

고고리섬으로 전학을 간 건 1999년이었다.

나는 그해의 느낌을, 제주공항에서 대정읍까지 가는 버스를 타고 한 시간 넘게 달리던 길의 풍경으로 기억했다. 고모가 이삿짐이 요것밖에 없느냐고 놀라며 캐리어를 가리켰을 때 "싹 다 버리라면서요" 하고 볼멘소리로 답한 것 외에 나는 내내 말이 없었다. 말하고 싶지 않았다. 그간 겪은 파산한 부모의 절망과 한심함과 무기력에 대해서는.

가죽 도매상을 했던 부모는 부도가 나고 일 년여가 지나자 마침내 우리에게서 손을 떼기로 했다. 남동생 영웅은 종

암동의 큰아버지에게, 나는 고모에게 맡기기로 한 거였다. 고모는 제주의 한 부속 섬에서 보건소 의사로 일하고 있었다. 서울에 남는 사람이 내년이면 중학교를 갈 내가 아니라 남동생인 건 어려서 손 갈 일이 많다는 이유였다. 하지만 나는 부모가 가성비를 따졌으리라 결론 내렸다. 우리 가족의 이런 일종의 경제적 피난은 몇 년간, 심지어 우리가 고등학생이 될 때까지 이어질지도 모르니까, 남자애를 시골에서 키울 수는 없다고 계산했을 것이다.

말은 제주로 보내고 사람은 한양으로 보내라는데, 하고 자기들끼리 대화하는 걸 들은 밤부터 이미 나는 마음속으로 아니야, 아니야, 하며 절망하고 있었다. 아니야, 아니야, 아니라고.

초등학교 삼학년인 영웅은 며칠 전만 해도 장래희망란에 사자라고 적은 애였다. 라이온, 동물 사자 말이다. 열 살이면 어린이가 자란다고 절대 장성한 사자가 될 수 없으리라는 것쯤은 알 나이가 아닌가. 내가 그 어처구니없는 소문을 듣고 사실을 확인하자 영웅은 "몰라……" 하고 얼버무렸다. 누나 화 안 났지? 만큼이나 걔가 자주 쓰는 말이었다.

서울에 남고 싶었던 나는 부모에게 제안서를 썼다. 전교 일등을 놓친 적 없는 나를 서울에서 교육시켜야 한다는 정당한 호소였다. 하지만 이미 자신의 몰락에 감당할 수 없는 절망을 느끼고 있던 엄마는 제대로 읽어보지 않았다.

"아빠한테 얘기해봐."

하지만 그 역시 당장 내일이라도 경제사범이 될 처지인지라 귀담아듣지 않았다. 다만 기숙 시설이 있는 서울의 사립 중학교로 진학했을 때 들어갈 생활비와, 추후에 의사나 법관 혹은 교수 같은 고액연봉자가 되었을 때 내가 벌어들일 수입을 비교한 항목을 읽다가 고액연봉자라는 단어에 줄을 그었을 뿐이었다. 그리고 맥락과는 상관없이, 그걸 사회지도층 인사로 바꿨다.

달리는 버스에서 본 제주에는 벌써 봄이 찾아와 있었다. 서울은 꽃샘추위로 패딩까지 찾아 입어야 하는데 반바지를 입고 세차하는 사람도 보였다. 고모도 회색 카디건 차림이었고 나만 더플코트를 입고 있었다. 나는 얼마 지나지 않아 코트를 벗었다.

고모는 내가 말을 하든 안 하든 내버려두었다. 대정항에 도착해 섬으로 들어가는 삼랑호를 기다릴 때에야 "고고리에서 배 운전 제일 못하는 사람이 누군지 아니?" 하고 말을 걸었다. 섬으로 들어가는 여객선 자체를 처음 타보는데 배 운전을 잘하는지 못하는지 어떻게 안단 말인가. 나는 선착장 사람들이 들고 있는 무겁게 장을 본 짐들을 보며, 그것이 암시하는 생활의 불편과 고립감에 이미 기분이 걷잡을 수 없이 가라앉고 있었다.

"삼랑호 선장이래. 파도도 못 넘고 자빠진다고 그래."

"뭐지, 근데 왜 여객선 선장을 시켜요?"

그러자 고모는 하하하하하 웃고는 그냥 주민들이 하는 농담이라고 했다. 하나도 안 웃긴다고 솔직히 말하자 고모는 "그렇지?"라며 선선히 동의했다.

"그만큼 고고리섬 사람들한테 자부가 있다는 말을 하는 거야. 삼랑호 선장은 제주 본섬 출신이거든. 너가 여기 오기 싫었다는 거 잘 안다. 아예 얼굴에 쓰여 있어, 엑스라고, 진짜 아니라고. 근데 이제 들어가면 섬에서는 그러면 안 돼."

"예의바르게 행동할게요."

"아니, 그렇게 단순한 게 아니고."

고모는 높이 뜬 태양 아래 푸르다못해 검기까지 한 깊은 바다를 주시했다. 고고리섬에서 출발한 여객선이 흰 파도를 몰고 선착장으로 오는 것이 보였다.

"존중해야 한다는 거야. 존중이라는 말 알지?"

고모는 왜 그런지 두 손을 모아 물바가지를 만들듯 해 보였다.

"알아요."

"너는 내가 하필이면 왜 이 최남단까지 와서 시골 생활을 하나 싶겠지만 나는 여기가 좋다. 서울보다 여기가 교육적으로도 낫다고 생각해. 너도 이번 기회에 생각해봐. 열세 살은 생각이란 게 가능한 나이 아니니. 그리고 주민들 앞에선 날 고모가 아니라 의사 선생님이라고 불러. 알았지?"

"네."

"내가 네 고모인 게 싫어서가 아니라 내가 여기 와서 아가씨, 아주망, 어멍, 제멋대로인 호칭을 의사 선생님으로 통일시키느라 고생을 해서 그런다. 알았지?"

"네, 고모. 그만 걱정해요."

고고리섬은 최남단 마라도보다 조금 북쪽에 자리하고 있었다. 한 시간이면 다 걸을 수 있을 정도로 작고 봄의 청보리밭으로 유명한 섬이었다. 고고리는 이삭이라는 뜻의 제주어였다. 섬은 여객선 선착장이 있는 북리와, 주택을 비롯한 섬의 기반시설들이 갖춰져 있는 동리로 나뉘었다. 보건소 관사는 동리에 있었고 초등학교 바로 맞은편이었다. 소방서, 마을회관, 여름이면 보리 탈곡을 하는 도정공장, 중국집 같은 식당들, 이 작은 섬에도 어김없이 있는 교회와 절이 모두 근처였다. 그런가 하면 유일하게 키 큰 나무들이 서 있는 곳이 동리이기도 했다. 바람이 세서 섬에서는 좀처럼 식물들이 높이 자랄 수가 없는데 그 근처만 길 양편에 가로수가 서서 도시적 운치를 드리우고 있었다. 관사는 보건소 이층이었고 계단을 올라 옥상으로 가면 섬 주변 전경이 한눈에 들어왔다. 마라도와 산방산이 가깝게 보였고, 이른 시간이면 파도에 둥둥 떠 있는 해녀들의 실루엣이 새벽의 푸른 기운 속에 짙어졌다. 환경이 바뀌어 예민해진 나는 일찍 깨서 옥상을 오르내리다가 섬에 들어온 지 사흘 만에 계단에서 구르고 말았다. 오른쪽 발목에 부목을 대야 했다.

나는 고모에게 이 꼴로는 절대 새 학교에 가지 않겠다고 버텼다. 주말이 지나자마자 전학 수속을 밟을 생각이던 고모는 잠시 고민하다가 "그러렴" 하고 허락했다. 그리고 자기가 의사이면서 등교할 만큼 나았다 싶으면 나더러 말하라고 했다.

서울에서는 한 번도 결석한 적이 없었고, 수업을 빠지는 건 정말 큰일이라고 생각했던 나는 내 고집으로 학교에 가지 않으면서도 뭔가 기분이 이상했다. 그래도 방에 틀어박혀 나가지 않았다. 경운기나 오토바이 소리가 나면 아침이구나 했고 아래층 보건소에서 왁자한 소리가 들리며 소란스러워지면 오후가 되었나보다 했다. 보건소를 찾는 주민은 주로 해녀들이었는데 한번 오면 안마의자에 번갈아 누워 제주어로 한바탕 수다를 떨곤 했다.

통 알아들을 수가 없는 말들이었지만 사탕처럼 곰곰이 녹이다보면 뜻을 알 수 있게 되기도 했다. 떡꽂, 떡꽂, 하기에 뭔가 했더니 섬의 지천에 자라는 선인장이었다. 웡웡 웡웡은 개가 짖는 소리였고 사름은 사람을 말하는 거였다.

낮이면 거실에 햇볕이 온통 들어찼다. 한편에는 고모가 우편으로 받아 보는 잡지들이 쌓여 있었다. 시사, 문학, 음악, 미술과 영화를 망라했고 가짓수가 많았다. 섬에는 우체부가 들어오지 않아 마을 주민이 그 역할을 대신 했는데, 고모는 그를 '우편 아주망'이라고 불렀다. 아주망은 하루에 한번은 꼭 들렀고, 거실에 누운 내게 말을 걸곤 했다.

"넌 보낼 펜지 어시냐?"

그때마다 나는 없다고 고개를 저었지만 나중에는 누군가에게라도 편지를 써서 건네고 싶은 마음이었다.

무료해지면 고모의 잡지들을 펼쳐서 읽었다. 거기에는 직장과 재산과 가족을 잃은 사람들 얘기가 자주 나왔다. 어쩌면 우리 가족의 상황이나 다름없을 이야기들이었다. 나는 어느 날에는 파산이나 파국이나 파업처럼 파로 시작되는 단어들에 동그라미를 쳐보다가, 어느 날에는 자책이나 자금이

나 자충수처럼 자로 된 단어들을 표시했다. 아니면 섬에 들어오면서 불통이 돼버린 휴대전화에 남아 있는 메시지들을 읽으며 시간을 보냈다. 엄마에게서 마지막으로 받은 메시지는 '딸아, 죄가 많은 엄마가 곧 회복갱신할 터이니 몸 관리 잘해라'였다. 하지만 이런 파산과 파국과 자충수의 세상에 회복갱신이란 가능한 것일까? 나는 엄마 아빠가 죽어버려 이대로 고모랑 살아야 하면 어쩌나, 불안한 생각을 했다.

그렇게 무력하게 시간을 보내던 어느 날 외출을 결심했다. 매점이 있는 북리까지 삼십 분쯤 걸어 아이스크림을 사 먹기로 한 것이었다. 고모에게는 사다달라고 하고 싶지 않았다. 며칠 동안의 경험으로 고모가 나를 적당한 관리와 방치 속에 두고 싶어한다고 느꼈기 때문이었다.

나는 슬리퍼를 직직 끌며 관사를 나섰다. 영웅과 전화통화를 막 끝낸 참이었고, 어쩌면 그 덕분에 나갈 힘을 냈는지도 몰랐다. 우리는 서로가 서로를 위로할 수 없는 처지라는 걸 잘 알고 있어서 그냥 거기 날씨는 어떠냐? 어른들이 공부 많이 시키냐? 같은 질문을 주고받았는데, 전화를 끊을 때쯤 영웅이 "누나, 난 종일 한 번도 안 웃기 내기를 해"라고 했다. 평소에 습관처럼 히죽히죽거리던 녀석이라 나는 당황했다.

"누구랑?"

"나 자신이랑."

"왜?"

"웃으면 안 될 것 같아서."

"왜 웃으면 안 돼?"

영웅은 대답하지 않고 있다가 "웃으면 정말 멍청한 사자 같은 게 될까봐"라고 했다. 어쩌면 그 말을 들었던 그 순간에 나는 슬픔에 대해 온전히 알게 되지 않았을까. 마음이 차가워지면서, 묵직한 추가 달린 듯 몸이 어딘가로 기우는 느낌이었다. 어느 쪽으로? 여태껏 가늠하지 못한, 그럴 필요가 없었던 세상 편으로, 이를테면 영웅이 사자가 되고 싶다며 더는 헤헤거릴 수 없는 세상. 우리의 대화는 잠시 끊겼다. 이윽고 영웅이 학원 갈 시간이 되었다며 작별인사를 하자고 했다.

"영웅아."

"응."

"누나는 요즘 다섯시 이십분이면 여기 옥상에 올라가서 웃는 연습을 해."

영웅은 대답을 하지 않다가 나와 반대네, 라고 말했다.

"그래, 하하하하하하하 이렇게 깔끔하게 일곱 번씩 일곱 번 웃고 내려와. 일종의 웃음 단련이라는 건데 넌 모를 거다. 김태선 사범님이 나한테만 가르쳐줬으니까. 네가 안 웃겠다는 멍청이 같은 짓을 하고 있으니까 알려주는 거야. 너 태권도 이 년 배우고도 노란 띠밖에 못 땄지?"

"응."

"누나는 일 년 만에 빨간 띠까지 땄지?"

"겨루기에서 다 이겨서 그렇잖아."

"그게 왜 그렇겠어? 여기는 섬이라 우리 동네에 있던 용인대체육관 같은 건 없어. 그래서 사범님이 가르쳐준 비법으로 내가 다섯시 이십분만 되면 그 단련을 꼭 하고 내려와."

"거기 애들이랑 같이?"

"미쳤니? 비법인데 가르쳐주면 안 되지. 나만 써서 다 이겨야지."

영웅은 그때는 학원에 있을 시간이지만 자기도 웃음 단련을 한번 시도해보겠다고 했다.

"그런데 왜 다섯시 이십분이야?"

나는 그때가 하늘에 달이 뜰 시간이라고 둘러댔다. 사실 나는 달이 뜨는 시간이 아니라 달이 지는 새벽 다섯시에 우두커니 옥상에 서 있지만 그런 얘기를 영웅에게 할 수는 없었다. 그렇게 그런 얘기 따위는 하지 않겠다고 결심하자 도리어 힘이 났고, 다친 발목도 보송보송하게 가벼워지는 듯했다.

"하하하하 일곱 번?"

"하하하하하하 일곱 번."

"하하하하하하하하."

"그건 여덟 번이고."

"아 맞다, 하하하하하하하하."

그 역시 여덟 번이었지만 나는 더이상 정정하지 않고 전화를 끊었다. 그리고 아이스크림을 사러 나가기로 결심했다. 이제 나는 슬픔에 대해 완전히 아는 사람이 되었으니까. 슬픔은 차갑고 마음을 얼얼하게 하는, 아이스크림 같은 것이었다. 그러니 지금 그만한 선택이 없었다.

섬에는 슈퍼마켓 같은 건 당연히 없고 낚시꾼들을 상대로 하는 작은 매점만이 있었다. 늘 여는 것이 아니라 잠겨 있으면 주인집으로 찾아가 부탁을 해야 물건을 살 수 있었다. 하지만 나는 닫혀 있으면 그냥 돌아올 생각이었다. 동리 보건소에서 북리 매점까지 가려면 섬을 빙 둘러야 했고 몇 번씩 오가기에는 부담되는 거리였다. 그래서 고모는 미리 내 자전거까지 사두었지만 발목을 다쳤으니 소용없는 일이었다.

걷는 수밖에.

봄이라 해도 태양은 여름 못지않게 뜨거웠다. 그늘 하나 없는 섬을 다친 다리를 끌며 걷자니 몸 전체에서 땀이 났다. 야트막한 언덕에는 돌담으로 경계를 쌓은 제주식 무덤들이 자리하고 있었다. 고모는 그중 작은 무덤들은 아이들의 것이라고 했다. 옛날 섬에서는 아이들의 사망률이 높았다고. 죽을 이유는 얼마든지 많지 않겠니, 그 어리고 여린 것들이 말이야. 제주에는 아예 그렇게 가여운 애기들을 가리키는 설룬애기라는 말이 있고 서럽고 불쌍한 엄마를 가리키는 설룬어멍이라는 말도 있다. 슬픔이 반복되면 그렇게 말로 남는 거야. 나 같은 어린아이들이 죽을 수도 있다고는 미처 생각을 못했던 나는 고모의 말에 콧날이 시큰했다.

"야, 너."

생각에 잠겨 터덜터덜 걷는데 누군가 나를 불렀다. '용인대 호랑이 체육관'이라고 적힌 추리닝을 입은 여자애였다.

"너 보건소 의사 선생님네로 이사온 애지?"

말하는 모양으로 봐서는 나를 알고 있었다. 하지만 그렇다 해도 첫 만남에 말을 놓아도 되나. 이게 이 섬 어린이들의 예법인가. 나는 기분이 상해서 못 들은 척 발을 끌면서 계속 걸었다. 걔는 내가 대화를 거절하는데도 개의치 않고 아예 따라오기 시작했다. 나는 이러다 매점까지 같이 가면 없는 돈을 털어 아이스크림을 사줘야 하나, 걱정부터 들었다.

그렇게 동행 아닌 동행이 이어지는 동안 그애는 끔찍이도 말이 많았다. 어디서 났는지 짧은 밧줄을 손가락 사이에 꼈다 뺐다 하면서 야 너 이거 아냐? 이거 에델바이스다, 야 너 이거 아냐? 저 새 가마우지다, 야 너 이거 아냐? 이거 고녕이돌인데 여기 올라가면 태풍 온다, 야 너 이거 아냐? 하며 잘난 척을 했다. 나는 그렇게 연속되는 그것을 아는지의 여부와, 내 반응과 상관없이 연이어 제공되는 섬의 정보들에 슬슬 지쳐갔다. 그 말을 끊기 위해서라도 하는 수 없이 너도 서울에서 전학 왔니? 하고 말을 걸 수밖에 없었다. 그러자 걔는 그것이 자기 말씨 때문인 걸 알고는 "야 난 공부한 거다. 여기가 고향이야"라고 약간 젠체하며 말했다.

그리고 자기는 이 섬에서 가장 바쁜 사람이고, 전교 부회장을 맡고 있다고 했다. 지금은 배로 들어오는 교자재를 받아서 학교에 가져가야 하는지라 부득이하게 외출했을 뿐 나처럼 학교 안 다니는 애가 아니라고. 학교 안 다니는 애……? 나는 발끈해서, 발목을 다쳐 등교를 못하고 있을 뿐이라고 소리쳤다. 그러자 "야, 너가 왜 다쳤는지 아냐?" 하는 물음이 돌아왔다. 왜 다치긴 왜 다쳐, 잠결에 옥상 구

경하고 내려오다 굴렀지, 거기에 다른 이유가 있을 수 있는
건가? 내가 그렇게 답하자 걔는 고개를 천천히 저었다. 눈
이 크고 코가 펑퍼짐한 그애는 검고 단단한 팔을 가지고 있
었다. 몇 번 접은 소매 밖으로 팔의 잔근육이 보였다. 그것
이 눈에 다 들어올 만큼 나는 걔를 뚫어져라 바라보고 있었
다. 섬으로 들어와 어디에도 그렇게 오래 시선을 둔 적이 없
었다.

"할망당에 인사를 했어야지. 안 그러면 그렇게 벌받는다.
너 돈은 있냐?"

나는 주머니에서 천원을 꺼내 보였다. 그러면서도 얘가
지금 삥을 뜯으려는 건 아닌가 경계했다. 설마 그렇지는 않
겠지. 그래도 고모가 여기 의사 선생님이고 저도 언젠가는
아픈 날이 있을 텐데 그러지는 않겠지.

"하!"

그애는 싫다는 건지 좋다는 건지 모를 소리를 내고는 자
기를 따라오라고 했다. 할망당에 가야 한다고.

"그게 어디지? 나는 모르는 곳에는 가고 싶지가 않아."

어디 으슥한 데로 데려가서 때리려는 게 아닐까 경계심이
들었다. 그러자 걔는 너 지금 뭐 사 먹으려던 거 아니냐고
짚더니 어차피 할망당은 매점 앞이라고 했다.

그렇게 해서 함께 걷기 시작한 그애와 내가 그날의 해변 길에 있다. 한번 불어오면 나를 통과하며 저절로 흩어지는 것이 아니라, 힘을 써서 내가 찢고 나가야 하는 듯 느껴지는 거센 바닷바람 속에, 해야 하는 인사를 하지 않은 데 대한 사과가 필요하다며 앞장서 가는 그애의 뒷모습 속에, 방파제의 갯강구들을 밧줄로 괜히 훑어 바다로 빠뜨리며 걷는 그애의 전진 속에, 그해 그 섬에서의 시작이 있었다.

선착장 근처까지 오자 관광객들이 눈에 들어왔다. 한 무리가 맞은편에서 오다가 "얘들아!" 하고 말을 걸었다. 나는 어른이 부르니까 멈춰 섰는데 걔는 들은 척 만 척 신경쓰지 않았다.

"저기 여기, 마을버스는 없니?"

마을버스? 하기는 선착장에서 동리까지가 도시로 따진다면 마을버스로 서너 정거장은 됐다. 나는 관광객들이 많은 낮이니까 혹시 그런 게 다니지 않을까 싶어 그애를 불렀는데, 이미 저만치 걸어간 걔는 "약상한 사름이 과랑과랑한 땡볕디서 무사 경 험니꽈?" 하고 심드렁히 말하더니 제 갈 길을 갔다.

할망당은 선착장 옆 비죽이 나온 곳에 돌로 울타리를 쌓아올린 곳이었다. 울타리 안에는 아궁이처럼 생긴 작은 굴이 있었는데 할망신에게 바치는 제물을 넣는 곳이었다. 나는 허리를 숙여 그 안에 놓인 명주실 타래와 누군가 올리고 간 막걸리 잔을 보았다. 그애는 할망신에게 줄 선물을 사야 한다며 매점부터 가자고 했다. 소시지와 새우깡, 내가 그렇게 먹고 싶었던 아이스크림을 사고는 내 천원에다 자기 돈을 얹어 계산했다. 그리고 새우깡과 소시지를 제단에 넣고는 나에게 절을 하라고 했다. 나는 종교가 있어서 절은 할 수 없다고 했다. 큰댁 제삿날에도 엄마는 우리에게 묵례만을 허락했으니까.

개는 이 판국에 그런 걸 따지냐며 답답해하다가, 그러면 자기가 대신 해주겠다며 나섰다. 그리고 그제야 "넌 이름이 뭐냐?" 하고 물었다.

"영초롱이야."

"세상에 영씨도 있냐?"

"아니, 성은 이씨고 이름이 영초롱."

"이름이 예쁘네."

개는 마치 자신의 그런 인정이 중요하다는 듯 약간 근엄하게 말했다.

"너는 이름이 뭔데?"

"고복자."

생각보다 많이 구식 이름이라서 나는 당황했다. 그래도 예쁘다는 칭찬을 받아놓고 아무 말도 안 할 수는 없으니까 "좋은 이름이네"라고 화답을 했다.

"그래?"

복자는 반색했다.

"어, 우리 성당에서 복자는 장차 복을 많이 받을 사람이거든."

그렇게 덕담을 나누고 마침내 '의식'이 시작되었다. 복자는 절을 두 번 하고는 "영초롱이가 늦었습니다" 하고 운을 뗐다. 그리고 나를 찌르며 죄송합니다, 하라고 시켰다. 나는 뭐가 죄송한지는 몰라도 엉겁결에 고개를 숙이고는 "죄송해요" 했다. 복자는 다시 절을 하고 내 소개를 시작했다.

"야인 이영초롱이로 서울에서 온 요망지곡 지레도 큰 보건소 이정희 선생님 조카라마씸. 영초롱이는 고고리섬 다랑국민학교로 전학 와신디 이추룩 다리가 부러정 잘 못 걸으멘마씸게. 영초롱이는 서울에서 비행기 탕 와신디, 서울에서 무사 와신가 하민,"

복자는 내게 서울에서 왜 왔는지 직접 말하라고 했다. 그런 것까지 말해야 하나? 여기가 성당의 고해소도 아니고 신부님도 없고 듣는 사람이라곤 이애, 복자뿐인데 내가 그런 것까지 말해야 해?

하지만 말해야 했다. 눈앞에서는 평생 본 적이 없는 큰 파도가 이 미터쯤은 일었다가 밀어닥치고 포말들이 부서졌으며, 이미 엉망이 된 머리카락은 어떻게 해볼 수도 없이 바람에 항복하고 말았으니까. 그렇게 펄펄 뛰는 자연과 마주하고 있다는 사실만으로 세상은 전혀 다른 주파수로 움직이는 듯했다. 할망신은 당연히 있을 것 같았다. 작은 굴, 실타래, 물때가 낀 돌바닥, 구멍이 숭숭 난 현무암과 모든 것들이 그런 분위기였다.

"우리집이 완전히 망해버렸습니다."

내가 그렇게 말하자 이번에는 복자 쪽에서 약간 움찔했다. 하지만 일단 입을 열자 나는 마음이 편안해졌다.

"서울에서 나쁘게 지냈습니다. 아빠 친구라고 해서 문을 열어줬는데 남자들이 신도 안 벗고 들어와서 욕설을 하였고 싸웠습니다. 아빠가 신발을 벗으라고 하자 남의 돈을 안 갚는 집은 사람 새끼들 집이 아니라고 했습니다. 나는 베란다 창고에 숨어 노래를 들었습니다. 영웅이는 거실에서 다 봤습니다."

"아, 경헸구나."

듣고만 있기 뭣한지 복자가 맞장구를 쳤다.

"지난여름에 영웅이 생일이 있었습니다. 엄마는 깜빡 잊었다고 했지만 케이크 살 돈이 없는 모양이었습니다. 영웅이가 빵집에 케이크 구경을 가자고 했습니다. 나는 싫었습니다. 그래서 걔를 밀쳤습니다."

"어…… 그래."

"우리가 거지니, 화를 냈습니다. 영웅이가 다시는 거지가되지 않겠다고 빌었습니다. 나는 영웅이가 자꾸자꾸 빌어도용서해주지 않았습니다."

"그래…… 경했구나."

정수리가 햇볕에 뜨거워질 때까지 인사는 이어졌고, 결국아이스크림은 다 녹아버렸다. 우리는 물이 돼버린 아이스크림을 들고 털레털레 동리 쪽으로 걸었다. 복자가 다시 얼리면 얼마든지 먹을 수 있다고 말했다. 오던 길과 달리 침묵이우리 사이를 메웠고 나는 잘 알지도 못하는 애에게 구질구질함을 내보인 데 뒤늦게 짜증이 나고 있었다.

"근데 할망신은 뭐든 다 들어주니? 소원 다 이뤄줘?"

나는 할망신에게 무엇보다 집으로 돌아갈 수 있게 해달라고 빌었기 때문에 그렇게 확인했다. 복자는 당연하지, 그러니까 어른들이 매 제를 지내지, 하더니 근데 아닌 적도 있긴하다고 단서를 달았다.

"사삼 때는 안 그랬다더라."

복자는 고넹이돌을 가리키며, 마을 사람들이 여기 올라가 오줌을 누고 변을 본 날이 있었다고 했다. 그때 경찰이 제주 사람들을 아주 못되게 죽였는데, 경찰이 고고리섬까지 온다는 소문이 들리자 마을 사람들이 돌에 올라간 것이었다. 신을 노하게 하면 폭풍우가 불어 경찰들이 건너올 수 없을 거라고 사람들은 믿었다.

"그런데 폭풍우가 안 불었구나?"

"응."

복자는 시무룩해지며 마을 사람들이 많이 죽었다고만 했다. 그날 저녁 관사로 돌아와 고모에게 사삼이라는 일에 대해 물었다. 고모는 일단 내가 섬 아이와 대화했다는 걸 기특하게 여겼다. 그리고 바로 대답은 하지 않고 오른손으로 턱을 괴고 고민에 잠겼다.

그날 우리 반찬은 동네 누군가가 놓고 간 생선이었다. 생선 이름도 가져온 이도 모르지만 거의 매일 관사 계단에 그런 물고기들이 놓여 있었다. 그러면 고모는 대체로 손질해서 조렸다. 생선은 구우면 고소해지지만 조리면 맛이 화려해진다고 했다. 무, 당근, 파, 감자, 뭐든 넣을 수가 있으니까. 그날은 북리까지 걸어갔다 와서 그런지 입맛이 당겼다.

고모는 연신 생선을 발라 입에 넣는 나를 보더니 "잘 팔리네" 하고 흐뭇해했다. 고모는 함께 사는 내내 자기가 만든 반찬을 내가 잘 먹으면 그렇게 표현했다. 그건 흡사 만들어 파는 사람 같은 말투였지만 그렇기 때문에 스스로의 노동을 대접하고 쳐주는 말처럼도 들렸다.

"고모가 처음 여기 왔을 때 할망들한테 간첩 아니냐고 오해받았어. 간첩 알지?"

나는 고개를 끄덕였다.

"근데 왜 고모가 간첩이에요?"

고모는 북한이 아니라 서울에서 왔는데 왜 그런 오해를 샀을까. 이상하다고 나는 생각했다.

"고모가 불면증이 있어서 새벽까지 잠을 못 자고 산책을 다녔거든. 간첩들은 아무도 없는 밤에 활동하잖니."

"말도 안 돼, 그러면 등대지기도 간첩인가."

고모는 내 말이 재밌는지 등대지기? 하며 웃었다.

"그리고 고모가 전동타자기를 쓰잖아, 내가 너 오고는 잘 안 쓰려고 하는데 그게 다다다다다다…… 소리를 내면 꼭 으슥한 새벽에 무전 치는 것처럼 들린다는 거지."

"웃긴다."

"웃기지? 지금은 웃기지만 그때라면 고모도 나쁜 일을 당

복자에게 27

했겠지. 그렇게 사람을 죽게 하고 다치게 하고, 그게 사삼이야. 그 기억이 있는 할망들이 아직도 타지인들을 보면 간첩이 아닌가, 간첩을 못 알아봐서 혼쭐이 나면 어쩌나 겁을 내는 거야."

"고모, 근데 타자기로 밤에 뭘 해요?"

나는 어쩐지 무서워져 말을 돌렸다.

"나? 편지 써."

"누구에게?"

"그냥 친구에게 써."

"뭐라고?"

"안녕하냐고."

"안녕, 이렇게만 적어요?"

"아니, 다른 말들을 길고 길게 쓰다가 마지막에야 그렇게 쓰지. 안녕하냐고. 오늘도 안녕히 있냐고."

지금 생각해보면 그건 이상한 방식으로 쓰는 편지였다. 보통은 첫머리에 인사를 넣고 다른 소식들을 적기 시작하니까. 하지만 그럴 수 없었다는 것은 안녕이라는 인사가 가장 하기 힘들었다는 뜻 아닐까. 그 인사마저 꺼려지고 미안한 마음을 고모가 계속 품고 있었다는 의미 아닐까.

그 무렵 고모 나이를 헤아려보면 서른, 지금의 내 나이와 같다. 하지만 그때 고모는 누구보다도 연륜 있고 나이가 많게 느껴졌다. 서른 살이란 이십대의 형형한 에너지가 약간 순화되었을 뿐 여전한 활기와 발산을 간직한 때가 아닐까. 마치 새잎과 꽃의 계절인 봄을 보내고 본격적인 성장의 시간을 맞은 초여름의 식물들처럼. 하지만 고모는 정물처럼 덩그러니 놓여 있었다. 화분 속 식물처럼. 나름의 푸름으로 자족하지만 외롭고 단조롭고 분명한 고립이 있는.

그 이유에 대해서는 시간이 오래 흐른 뒤에야 알 수 있었다. 법대생이 되고 난 이후에야. 법학개론 시간에 나는 법원 내 도서관에 특별열람실이 있다는 말을 들었다. 확정된 모든 판결문을 읽어볼 수 있는 곳이었다. 그 말을 기억했다가 중간고사가 끝나자마자 서초동을 찾았다. 컴퓨터 네 대가 놓인 특별열람실은 비좁았고 도서관에서 제공하는 메모지와 볼펜 이외에는 아무것도 가져갈 수 없었다. 검색해보고 싶은 판결문의 기본정보는 이미 머릿속에 있어야 했고, 읽고 난 판결문의 내용도 그냥 머릿속에 넣고 나와야 했다.

고모가 우편 아주망에게 건네던 편지봉투에는 청주여자교도소 이규정이라고 적혀 있었다. 그리고 아직 전동타자기에 걸려 있던 편지나, 손에 넣었던 한 통의 편지를 읽으면서 알게 된 정보들, 죄명이나 나이 같은 기억이 가물가물한 정보를 넣어 검색하다보면 할당된 두 시간은 지나고 없었다. 얼른 찾아 읽어야 한다는 초조함 때문인지 거기서는 시간이 가는 것이 아니라 증발해버리는 듯했다.

그리고 크리스마스를 앞둔 어느 오후, 나는 이규정이 피고인으로 적시되고 한상규, 유진철, 이태훈, 그리고 이정희가 증언에 나선 서울형사지방법원의 사건 판결문을 찾아냈다. 그리고 눈이 유난히 자주 오던 그 겨울방학 내내 대법원 상고기각까지 간 그 사건의 판결문들을 따라 읽었다. 마치 외우겠다는 듯이, 혹은 그날의 풍경들에 나 자신을 세워놓겠다는 듯이.

그렇게 매일같이 열람실로 오는 나를 처음 봤을 때 홍유는 자기 같은 막내 기자인 줄 알았다고 했다. 기사에 쓸 판례를 검색하는 '노가다'는 주로 말단 기자들이나 하니까. 내가 좀 나이들어 보여서 그랬는지도 모르겠다고 했다. 이제 갓 스물이 된 학생으로는 절대 보이지 않았다고.

반면 나는 홍유가 기자이리라고 단번에 짐작했다. 동작들이 활달하다못해 다소 거칠고 늘 바빠 보였기 때문이다. 그리고 땀을 많이 흘렸다. 여름은 여름대로 어디를 돌아다니다 오는지 구겨진 정장을 입은 채 땀을 흘렸고 겨울에는 목까지 올라오는 스웨터를 입고 짜내듯 땀을 흘렸다.

그리고 겨울이 한창이던 어느 날, 우리는 우연히 창가에 나란히 서서 대화를 나눴다. 도서관 마당에 잘못 내려앉은 까치에 관한 이야기였다. 까치는 무슨 일인지 살얼음이 언 연못에 떨어져 날개를 퍼덕거리며 일어나기 위해 애쓰고 있었다. 하지만 날개를 퍼덕거릴 때마다 오히려 다리가 미끄러져서 날개가 물기에 젖었다. 일어서기 위해서는 날개를 움직여야 하는데 날개를 움직이면 몸이 차가워져 동사할 것 같은 상황이었다. 안 되겠다 싶었는지 홍유가 잠깐만요, 하더니 도서관 밖으로 나가 미끄러지지 않게 조심하면서 까치를 집어냈다. 그리고 자기 차에서 수건을 꺼내 닦았다. 한 시간쯤 지나 새는 기력을 되찾았다. 홍유는 그때 내가 "뭘 그렇게까지 해요?" 하고 물었다고 기억했다. "안 그러면 죽지 않겠어요?" 홍유가 말하자 내가 코트 주머니에 손을 꼭 넣은 채 "어차피 그런 것도 다 자연인데요" 했다고. 홍유는 바로 그 말을 듣고 내가 아픈 사람이라는 사실을 알았다고 했다.

그때 손절했어야 하는데, 하는 홍유의 말이 농담이 아니라는 걸 안다.

아파 보여서 그럴 수가 없었네, 하는 말도.

홍유와 나는 그때부터 오랫동안 친구로 지내고 있었다. 나보다 나이가 많기는 하지만 언니라는 단어를 너무 싫어해서 자연스럽게 서로 이름을 불렀다. 우리 사이는 큰 부침이 없었고 서로가 연애를 하고 있는가에 따라서만 미세하게 달라졌다. 애인이 생기면 소식이 뜸해지거나 데면데면해졌고 그렇지 않으면 친밀하고 로맨틱해졌다. 우리 관계가 가장 힘을 발휘하는 시기는 연애가 종료된 직후였다. 자주 만났고 서로의 집에서 주구장창 영화를 봤다. 홍유는 중화권 무협영화광이어서 늘 그런 쪽으로만 영화를 골랐다. 실연 후에 어리석은 미련이 영 가시지 않으면 〈협녀〉를 반복해 봤다. 대나무숲을 날아다니며 검술을 겨루는 세기의 명장면과, '칼을 버리면 부처가 될 수 있다'는 대사가 킬링 포인트였다. 몇 년 전 윤호와 헤어졌을 때도 홍유가 고른 그런 영화들을 봤다. 뜨거운 분노와 의협과 복수의 성공으로 귀결되는 이야기들을.

프랑스에 남아 공부를 계속하고 싶은 윤호와, 한국을 떠나면 무직의 체류자에 지나지 않을 나는 각자의 현재를 포기할 생각이 없었다. 그러니 우리 결말은 이미 정해져 있었는지도 몰랐다. 하지만 나는 끝까지 이별을 거부했고 윤호는 현명하게도 이별을 원했다.

"이게 최선이라고 너도 말한 적이 있잖아."

"제발 그 입, 좀, 다물어."

평소라면 당연히 얼굴을 보며 했을 스카이프 통화였지만 언젠가부터 윤호는 휴대전화를 창밖으로 향하게 두었다. 싸움이 계속되다 정신을 차려보면 어느새 아침이 시작되고 있었다. 창의 커튼을 걷고 누군가 담요의 먼지를 떨어내고 있었다. 작은 새가 날고 암적색의 집 벽으로 점차 아침 볕이 스며들었다. 그 고요한 풍경들은 당장 이별하는 상황만 아니었다면 평소의 우리도 얼마든지 누렸을 일상이라서 더 고통스러웠다. 아침이라 더욱 투명한 공기에 얹어지는 텔레비전 소리나 자전거 경적 같은 것이 아파서 어쩔 줄을 몰랐다.

그러던 어느 날 윤호는 오랜 시간 이어진 통화를 끝내며 "네가 지금 내 마음을 들여다본다면 너무 참혹해서 눈물을 흘릴 거야"라고 말했다. 그동안의 어떤 것보다도 나를 충격하는 말이었다. 거기에는 잔인하게도 나에 대한 여전한 신뢰와 기대가 있었으니까. 네가 내 진심을 안다면 이렇게 날 고통스럽게 할 리는 없을 텐데, 하는 순정한 믿음. 자신을 이대로 놔주리라는 기대.

"지금 울어?"

나는 냉랭하게 말했다.

"야, 그렇게 괴로우면 안 헤어지면 되는 거지. 헤어지자고 해놓고는 너가 무슨 면목으로 처울어?"

하지만 나는 윤호가 한 그 말에 맞는 사람으로 남기를 최종적으로 선택했다. 어느 해인가 내 생일날 걸려온 전화를 받지 않은 것이 우리의 마지막이었다.

홍유는 그렇게 끝까지 명언을 읊는 건 정말 매너 없는 행위라고 일갈했다. 연애의 마지막 장면은 시간이 지나도 영 잊히지가 않으니까. 그렇게 끝까지 '가오'를 유지해도 용서가 되는 건 이소룡뿐인데 근육 하나 없이 시들시들한 낙엽처럼 생겨갖고, 도저히 용서가 안 되네, 하고.

*

저녁이라 그런지 제주공항에는 수하물 찾는 사람이 별로 없었다. 휴대전화를 켜자마자 관사 관리인의 전화가 왔다. 아직 공사를 끝내지 못해 집에 들어가면 인부들이 일하고 있을지도 모른다는 얘기였다. 알았다고 하고 끊으려는데 관리인이 정말 마중나가지 않아도 되겠냐고 물었다. 정말 괜찮다고 하자 "이판사님, 입도를 환영합니다" 하고 끝인사를 했다.

김포발 제주행 비행기에 내가 싣고 온 짐들은 많긴 많았다. 캐리어만 해도 세 개였다. 모두들 배편으로 움직이는 이삿짐센터를 이용하라고 했지만 나는 됐다고, 얼마 지나지 않아 판사를 관두고 변호사로 전향하거나 곧 수도권으로 돌아오리라고 받아쳤다. 하지만 그 모두 쉽지는 않을 것이었다. 정기인사 시기가 아닌데도 갑자기 발령이 나는 건 이례적인 일이었으니까. 그리고 변호사는 아무나 하나. 그것도 연줄과 출신과 배경이 좋아야 하는 것이었다.

그런데 어쩌다 이렇게 되었을까. 나는 공항에 도착해서까지 미련을 버리지 못하고 그런 상념에 빠져들어갔다. 표면적으로는 욕설 탓이었다. 지난해 법정에서 두 차례 엿 까세요, 라고 했고 그건 정말 상황이 그랬기 때문이었지만 법관징계위원회에 회부돼 징계를 받아야 했다. 하지만 그뿐이었을까. 사실 내면에 어딘가 에멘탈 치즈처럼 구멍이 난다고 느낀 건 오래전이었다. 그리고 그곳으로는 이런 것들이 술술 빠져나갔다. 자부와 자긍, 자명함이나 자기 확신, 자신감 같은 것. 그렇게 자존감이 경량화되는 만큼 언젠가부터 나는 법정에서 화가 나 있었다. 피고나 변호사의 무례도 용서할 수 없었지만 원고든 피고든 누군가가 억울하게 피해 볼

것이 분명할 때, 이런 서류를 내야 이기고 그래야 재산을 빼앗기지 않을 수 있는데 알지 못해서, 변호사를 사지 못해서 오직 자기 자신의 신실함이 판사인 내게 작용해 진실이 밝혀지리라 믿고 법정에 와 있는 이들을 볼 때 화가 났다.

이런 청구취지로 승소하기를 바라요?

준비서면은 항목별로 정리하는 것도 몰라요?

전 재산을 지키려면 서류나 제대로 내든가요.

진정하세요.

발언 안 됩니다.

계약서에 안 나오는 사실은 주장하지 마세요.

안 됩니다.

주장을 하려면 근거를 대고 주장을 해야 할 것 아녜요?

이러면 청구 기각합니다.

나더러 일일이 확인하라고요?

정식재판 신청하든가.

퇴정하세요.

처음에는 석명권을 적극적으로 행사해보기도 했다. 적절한 질문을 통해 불리한 상황을 소송 당사자들에게 일깨워주는, 판사의 권한이었다. 하지만 상대편 변호사의 항의를 듣거나 지나친 개입이라며 업무상 경고를 받는 일이 빈번해지면서 그 짓도 그만두었다. 결국 분노의 목적과 명분은 사라지고 그냥 분노라는 상태만 남아 활활 탔다. 화는 눈덩이처럼 뭉치고 뭉쳐져서 차가운 불면의 밤이 왔고 병원의 처방약이 없으면 잠들기가 힘들어졌다. 그리고 위원회에 불려가 그런 소명을 열심히 한 끝에 나는 여기에 서 있는 것이었다. 주인을 찾는 짐들이 빙글빙글 도는 공항 수하물 레일 앞에.

같은 민사부에서 줄곧 함께 일한 이영춘 부장은 엉뚱하게도 『데미안』까지 들먹여가며 이 발령을 합리화했다. 무슨 사연으로 제주에서 초등학교를 다녔는지, 언제 떠났는지도 모르면서 유년을 보낸 곳에서 갱신의 기회를 맞으라는 것이었다.

"유년은 선인 동시에 악 아냐? 선악의 분별이야말로 법관의 숙명이고. 그러니 알을 깨본 곳에 가서 또 알을 한번, 이 세계를 한번 깨보란 말이잖아."

"뭘 그렇게 깨라고 하세요. 부장님, 저는 지금 깰 적금도 하나 없어요. 청약통장도 없습니다."

"이판사, 청약통장 없어?"

"없습니다."

"요즘 같은 시대에 그거야말로 시민의 기본권인데 없으면 어떡해?"

부장은 진심으로 나를 걱정했다.

"그리고 저는 판사 생활이 선악의 분별이니 뭐 그렇게 생각하지도 않고요."

"그럼 뭔가?"

"그냥 쓰레기 분리수거 같은 거겠죠."

나는 그렇게 뱉어놓고는 아차 싶어서 말을 끌었다.

"그러니까 제 말은 선악의 분별이 아니라 제도적 분리라는 뜻이고요."

"아…… 차다 차, 말이 차."

부장은 그렇게 탄식했다. 그는 답답하고 융통성 없는, 이쪽 판사들 말로는 기피 대상인 벙커였지만 내가 배석판사로 있던 시절에 어떻게든 지도편달을 주고자 한 사람이었다. 그것이 굳이 정렬을 맞추지 않아도 될 문서들의 좌우 정렬을 문제삼거나, 그래서 몇 년 살라는 거냐? 누가 이겼다는 거냐? 하는 결론 이외에 사실상 소송 관계인들마저 읽어보려고 하지 않는 판결문을 다듬게 시키는 헛수고에 가까운 조력이라 할지라도 그랬다.

"이프로."

부장은 엄지손가락에 끼웠던 골무를 찬찬히 빼며 진지한 얼굴로 말했다.

"거기 가서 여기 일은 개의치 말고. 골무가 닳을 때까지 일신우일신해. 우리 같은 직종이 천연기념물처럼 고대로 늙어가기 딱 좋지만 그러는 건 사람으로서도 좋지가 않아요. 그리고 독서수상하고. 책을 읽고 자유로이 유연하게 생각하라고. 우리가 육신은 법복에 갇혀 있지만 정신은 그러지 말아야지."

그리고 부장은 또다시 『삼국지』를 권했다. 그렇게 권해도 안 읽는 사람은 내가 유일하다고 했다. 부장은 내가 시들어가는 과정을 누구보다 안타까워하며 지켜본 사람이었다. 초임 때의 당찬 모습을 아직도 기억한다고 했다. 그리고 지금 내가 겪고 있는 슬럼프를 자신도 통과했다고 했다.

"사람을 한번 만나면 그 사람의 삶이랄까, 비극이랄까, 고통이랄까 하는 모든 것이 옮겨오잖아. 하물며 우리가 만나는 사람들은 언제나 억울하고 슬프고 손해보고 뭔가를 빼앗겨야 하는 이들이야. 이를테면 판사는 그때마다 눈을 맞게 되는 것이야. 습설濕雪의 삶이랄까. 하지만 눈의 무게에 짓눌리지 않으려면 빨리 털어내야 한다고."

눈에 젖을 때의 차가움, 선득함, 그리고 그것이 녹으며 남기는 자국과 눈-물. 나는 사람들이 판사라고 하면 누구보다 냉혈한이리라 여기는 것이 이상했다. 개중에는 어떤 끔찍한 호러 영화를 보아도 별 재미가 없지 않으냐고 묻는 이들도 있었다. 재판을 위해 우리가 보아야 하는 증거자료들, 폭행의 상처와 폭행의 순간과 그에 관한 재현과 언술들에 닳고 닳은, 익숙할 대로 익숙한 인간이라 보는 것이다. 하지만 고통은 그렇게 단련되기는커녕 어느 면에서는 더 예각화되었다. 노출되면 될수록 예민하게 아프고 슬프고 고통스러워졌다.

실제로 요 몇 년간 판사직을 떠나는 동료들이 많았다. 우리는 퇴직을 앞둔 동료가 마지막 판결을 마치고 나면 법복을 갖춰 입고 재판정에서 기념사진을 찍었는데, 한때는 매주 그런 일이 있기도 했다. 그렇게 서서 이제 새 길을 갈 사람을 배웅하는 마음은 부러움과 서글픔이 공존했다. 그리고 뒤이은 송별회에 가면 늘 나는 좀 취해서 "이제 어디로 가요? 뭐할 거예요?" 하고 갈급하게 물었다.

"인생 이모작을 뭐로 할 거냐고요?"

가장 특이했던 답변은 도배를 배우겠다는 것이었다. 몸을 쓰는 거라면 박스째 실려오는 재판 자료들을 책상으로 옮길 때뿐이었을 텐데 가능할까. 그 답변을 한 선배는 도배야말로 궁극적으로는 AI가 모든 세상을 지배할 시대에 끝까지 살아남을 직업이라고 했다. 일단 벽면이라는 것은 균일하지가 않고 무늬를 인식해 끝을 맞추는 일 또한 고도의 시각적 능력이 필요하며 벽이 있는 한 언제고 벽지는 발라야 하니까.

"그런 게 어딨어? 그거야말로 기계로 대체되겠지."

"맞아요. 그게 뭐 그리 어렵겠어요?"

옆자리 사람들이 이의를 제기했다.

"아니요, 자본은 그런 일은 인간에게 맡길 겁니다. 더 근사하고 돈 되는 일을 노리겠지요."

그날의 화제는 흐르고 흘러 AI가 판사 업무까지 대신 하리라는 비관에 도달했다. 그러면 우리는 단합하여 그런 법안은 무조건 무시하자고 했다. 사람들은 와하ㅡ 웃었지만 나는 그 선배가 잦은 야근과 일 년에 천여 건에 달하는 사건 처리를 하느라 그 흔한 시내 카페에도 가보지 않은 것이 아닐까 생각했다. 요즘 노출 콘크리트 인테리어가 유행하다가 하다가 못해 이제는 일종의 클리셰가 되었음을 모르는 걸까. 판사직을 시작한 2010년대 초반만 해도 법원 내 사람들은 자주 만났지만 이제는 재판 날에도 회식하는 일이 거의 없었다. 우리는 좀처럼 만나지 않고 고독한 프리랜서들처럼 각자가 싸안고 있는 일거리에 매진했다. 그나마 활발한 건 법원 내 인트라넷인 코트넷이었다. 법관의 양심에 따라 판결한다는 사법의 기본 이념도 지키지 못하고 권력의 하수인처럼 일하고 있다는 자조의 목소리가 자주 올라왔다. 그 용기에 감복하면서도 우리의 어깨는 더 옹송그려졌다.

"도착했어?"

다시 전화가 걸려왔고 이번에는 홍유였다.

"응."

"근데 목소리가 왜 그래?"

"좋아서."

"좋지 그럼, 좋아야지. 너 법조계의 이효리 된 거야. 이효리도 제주도 살잖아."

나는 농담할 기분은 아니었지만 이효리 노래를 몇 소절 불러주었다. 홍유 뒤로 분명 식당 안에서 나는 듯한 소음이 들려왔다. 그 떠들썩한 분위기와 제주공항의 한산함은 어느 때보다 거리감 있게 느껴졌다. 홍유는 좋은 소식과 좋지 않은 소식을 들려주기 위해 전화했다고 했다.

"뭐부터 들을래?"

"안 들을래."

여기까지 오는 동안 비행기가 난기류로 착륙을 못하고 뱅글뱅글 돌았기 때문에 나는 심신이 지쳐 있었다. 홍유는 그러면 좋은 소식부터, 하더니 자기에게 제주 갈 일이 생겼다고 했다. 다랑초등학교가 개교 80주년을 맞아서 그걸 취재하러 온다는 것이었다. 벽지의 섬 학교가 그렇게 오래 문을 열고 있는 건 아주 드문 일이라고 했다.

"그날 너 인터뷰도 내가 딴다. 낙도에서 꿈 키운 소녀, 판관 되어 돌아오다. 아마 출근하면 니 책상에도 기념식 초대장이 있을걸."

이미 그 초대는 서울에서부터 받았던 차였다. 나는 아는 사람이라고는 없는 여기에 홍유가 온다니까 그래도 기분이 살짝 풀어졌다. 공항으로 나가자 키 높은 야자들이 보였다. 정말 제주에 온 것이다. 나는 힘을 내어 흡연실까지 캐리어를 밀고 갔다. 홍유는 이번에는 나쁜 소식을 전하겠다고 했다. 오후에 보도자료를 받았는데 변호사협회가 올해부터는 최고의 판사 명단과 함께 최악의 판사도 공개하겠다고 밝혔다는 것이었다.

"뭐?"

나는 캡을 돌려 전자담배의 심지를 갈다가 놀라서 소리쳤다.

"그 명단에 너 있겠지?"

홍유가 덤덤하게 물었다.

이번에 내 욕설을 들은 사람은 변호사였다. 그는 청구취지조차 제대로 쓰지 않는 무능하고 불성실한 인간이어서 나의 화를 돋웠는데, 그 엿 까라는 욕을 재판이 거칠게 진행되다보면 있을 수 있는 불상사로 넘기지 않았다. 변호사협회를 통해 법원장에게 항의해서 결국 내가 사과 전화까지 해야 했다. 도 넘은 판사 갑질의 예로 언론에서도 다루어졌다. 그런데 실명까지 밝힌다는 것이었다.

"그런데 이 마당에 내 기사 써도 되겠어?"

"야, 지금 이 친구가 내 걱정을 하네. 눈물이 나네. 우리가 찐형제다. 첩혈쌍웅이 딴게 아니야. 괜찮어. 발표는 연말에나 나고. 그리고 진짜로 그렇게 되겠니? 법원에서 가만 안 있지. 이미 협회랑 대화하겠다고 나섰더라고. 알고만 있고 걱정은 마. 그래도 제주에선 말조심하고. 욕하고 싶을 때 협녀 대사 외워라. 칼을 버리면, 어?"

발령지는 제주시가 아니라 서귀포의 성산법원이었다. 나는 거기서 소액사건심판이나 즉결심판 같은 경미하고 그만큼 잡다한 재판을 한 달에도 수백 건씩 판결해야 할 것이다. 사기꾼 거짓말쟁이 주취소란자 무전취식자 도박 절도 폭력사범이 대부분이겠지. 그런 재판들은 판결의 내용보다 진행 자체가 곤혹이었다. 죄를 견디는 일보다 사람을 견디는 일이 힘들고 영혼을 너덜너덜하게 만든달까. 나는 렌터카에 짐들을 실은 다음, 공항 근처에서 밥부터 먹기로 했다.

공항을 나와 제일 먼저 눈에 띄는 식당으로 들어갔다. 정식을 시키자 전복과 딱새우가 가득 든 해물뚝배기에 반찬으로 돔베고기 꼬치가 나왔다. 사장이 딱새우 먹을 줄 아느냐며 까는 법을 가르쳐주겠다고 하다가 내가 자연스럽게 가로로 잡아 위아래가 아니라 좌우로 꺾어 껍데기를 벗겨내자 "정확하시네요" 하고는 돌아갔다. 돼지고기와 은행, 파, 그리고 다시 돼지고기를 하나씩 빼 먹으면서 맥락 없이 '제육'이라는 단어를 생각했다. 고고리섬에서 제육은 도시에서처럼 육고기만 말하는 것이 아니라 큰 생선의 고기도 가리켰다는 것. 대표적인 게 상어였다. 제삿날이면 사람들은 상어고기를 올렸고, 나는 거기서 처음 제주식 제육을 맛보았다. 그동안 떠올린 적 없었는데 그런 기억이 살아나는 건 역시나 풍경의 힘일까.

복자는 상군해녀였던 자기 할망이 직접 상어를 잡기도 했다고 으스댔다. 나는 당연히 믿지 않았다. 영화에서도 주인공들이 총과 전기충격기까지 동원해 맞서는 바다의 난폭자를 할머니가 무슨 수로 잡는단 말인가. 만날 신경통을 에구구 하고 앓는 할머니가 어떻게 그래. 복자는 코웃음을 치면서, 모르면 말을 말라고 받았다. 내가 못 봐서 그렇지, 자기 할망은 바다만 가면 물 만난 가오리라고.

그래도 믿지 않자 나를 끌고 할머니에게 가서 "할망 상어 잡아난, 못 잡아난?" 하고 확인했다. 복자의 할머니는 새벽에 물질을 다녀오면 오후 내내 자리보전을 하고 누워 있곤 했다. 그날도 복자의 할머니는 눈을 반쯤 감은 채 텔레비전을 보고 있다가 심상하게 고개를 끄덕였다. 복자는 거봐, 하듯 쓱 건너봤고 나는 눈이 휘둥그레졌다.

"어떻게 잡으셨어요?"

나는 되도록 이런 상황은 진위를 확실히 해야 한다는 생각에 그렇게 물었다.

"오민 확 잡안 흔들어낫저."

복자의 할머니는 한 팔을 들어 주먹을 쥐고 잡아 흔드는 동작을 해 보였다.

"상어를 손으로요?"

"게게, 물질허당 성가시게 허민 기냥 잡안 먹어불엇저."

영화에서처럼 어떤 긴장도 위기도 없이 그냥 성가시게 해서 잡아먹어버렸다니. 내 상상의 스펙트럼을 넘는 일이었다. 하지만 그 담담하고 간결한 답변은 그 말이 사실일 수밖에 없다고 받아들이게 했다. 지금 생각하면 그건 두툽상어 같은, 커봐야 오십 센티미터 정도 되는 소형 상어류였을 것이다. 아니면 복자의 장난에 은근히 동참하며 육지 애인 나를 놀렸거나. 하지만 어린 내게 깊은 바다로 들어가 여태껏 내가 본 적 없는 '바닷것'을 캐오는 해녀들은 대단하게 느껴졌다. 마치 전사들 같았다. 물질을 마치고 돌아와 불을 피워놓고 함께 쉬고 있는 뒷모습에서는 고단한 대결을 마친 자의 피로와 고독 같은 것이 내비쳤다.

"여행 오셨나요?"

식사를 마치고 계산하는데 사장이 물었다.

"이사왔어요."

"아, 제주 분이세요? 아니면,"

"서울에서 왔어요."

"아이쿠, 멀리서 오셨네요. 입도 환영합니다."

사장은 바구니에 담긴 귤을 가리키며 공짜니까 가져가라고 했다. 귤들은 푸릇했고 점무늬가 있기도 했지만 싱싱해 보였다. '비닐봉지 제공 불가. 손에 쥘 수 있는 만큼만 욕심 내기'라고 안내문이 쓰여 있었다. 나는 누가 비닐봉지까지 달라고 하냐고 사장에게 물었다. 아주 양심이 불량하네, 하고. 맞장구를 칠 줄 알았는데 사장은 주방 쪽을 향해 "패마농 주문허카 말카?" 하더니 "네네" 하고 선선히 고개를 끄덕였다.

"그런 사람들이 있고 그런 게 사람이죠."

주차장으로 나오니 하늘에는 달이 나와 있었다. 아직 밤은 시작되지 않았지만 공기가 차가워져서 하루가 끝날 무렵임을 느낄 수 있었다. 무엇보다 차가워짐으로써 그렇게 변화를 암시하고 있었다.

2

성산법원의 사무실에서는 한라산의 산등성이가 바라보였
다. 백록담 근처에는 아직 눈이 녹지 않고 남아 있었다. 민
사단독판사로 배정된 판사는 두 명이었다. 이제 발령받은
나와, 여기 이 년 차라는 양선배였다. 같이 근무한 적이 없
는데도 양선배는 나를 안다고 했다. 자기는 거의 모든 기수
의 연수원 수석 졸업자를 기억하고 있다고.

"4.3 만점에 4.2 아니었어요? 인재가 와서 지원장 기대가
커요."

내가 왜 여기까지 왔는지 알 텐데 덕담인가 아닌가 싶었
다. 잠시 떨떠름해하다가 책상에 놓인 아이 사진이 보여서

같이 내려와 있느냐고 물었다. "아니, 이혼" 하는 답이 돌아 왔다.

출근하고 한 달 동안은 인사의 시간이었다. 법원이 소규모라서 그런지 거의 모든 간부급들과 점심 약속을 잡아 상견례를 해야 했고 수석판사나 부장판사를 따라다니며 지역 인사들을 만났다. 이른바 향판이라고 하는, 그 지역 유지들과 긴밀하게 관계 맺는 법관들은 법조계의 오랜 문제였다. 팔은 안으로 굽게 마련이니까. 그런가 하면 지역의 특수한 상황을 고려하기 위해서라도 향판은 필요하다는 의견도 있었다. 나는 그런 당위론적 문제를 따졌다기보다는 당장 여기에 적응해야 하고 눈 밖에 나면 피곤하니까 따라다녔다. 차도 마시고 식사 자리에 가서 재미도 하나 없는 케케묵은 대화들을 들었다. 엘리사벳을 만난 곳도 그런 저녁 자리였다.

그날 우리는 산방산 근처의 오래된 다금바리 식당으로 갔다. 홍충현 부장판사와 양선배와 함께였다. 그저 정기적인 친목 모임이라고 했는데 도착해보니 다른 사람들이 더 있었다. 국회의원이었으나 지금은 끈 떨어진 정치인, 제주 출신이라는 사학과 교수, 제주 지역 언론사 사장 그리고 엘리사벳이었다. 오십쯤 되었을까 싶은 엘리사벳은 영광의료원이라는 종합병원의 원장 부인이라고 했다. 외부 활동을 하는 사람도 아니니 그냥 엘리사벳이라고 부르면 된다고 자기가 먼저 호칭 정리를 했다. 그러고 보니 참석자들 모두 사모님 같은 호칭 없이 그렇게 부르고 있었다.

어디 나서는 사람이 아니라는 본인 소개와 달리 엘리사벳은 말과 행동에서부터 사람을 부려본 태가 났다. 식당에 얘기해 메뉴에 없는 음식을 내오게 하는 것부터가 그랬다. "오늘은 무전이 없네. 저번에 좋던데 무전 좀 부쳐와봐요" 하고 특정하게 짚거나 "봄이라 입맛 텁텁한데 산뜻한 것 없을까?" 하는 식이었다. 그리고 중간중간 대화를 틀어 병원과 자기 남편이 일정하게 화제에 오르게 했다. 지역에서 얼마 전 외국계 기업의 투자를 받는 의료 테크노 밸리를 유치했는데, 유치위원회 위원이던 병원장이 다른 사람들은 그냥 이름만 걸어놓고 마는 걸 사력을 다해 뛰더라고 엘리사벳은 투정 비슷하게 공치사를 했다. 투자사 본부가 있는 시드니에서 유치 결정이 나던 그날, 자기도 새벽까지 진이 빠지도록 통성기도를 올렸다고.

다른 사람들은 그래도 내가 막 부임해 온 판사라고 하니까 어떻게 말을 걸어보려고 했는데 엘리사벳은 그러지 않았다. 그리고 식사를 마칠 즈음 디저트로 먹으려고 가져왔다며 가방에서 사과와 배를 꺼냈다. 산지에서 누가 보낸 특상품이라고 했다. 나는 병원장 부인에게 이런 소탈한 면도 있네, 하고 생각했다.

"식당 사람들한테 이런 거 깎아 내라고 하면 요즘 세상에 갑질인 거잖아요? 조심해야 하잖아요, 요즘은."

엘리사벳이 식당에서 과도를 빌려 직접 들며 말했다.

"그렇죠, 이 한국 사람들이 가장 싫어하는 게 특권이거든요. 공정성에 아주 과도하게 몰입해서 요즘에는 애들도요, 플러스마이너스를 노상 따져요. 친구가 결석했는데 출석으로 되어 있으면 그냥 그렇구나 하는 게 아니라 결국 자기한테 마이너스다 계산하고 가만있지를 않아요."

"우리 때와는 다르죠. 우리는 막 친구 대신 대출해주고 그랬는데."

양선배가 덧붙였다.

"대출요? 학생들이 무슨 돈이 있어서 대출을 서로 해주는데요?"

엘리사벳이 선배 편으로 몸을 돌려 묻자 사람들이 와하 웃었다.

"대리출석!"

부장이 정정하자 엘리사벳은 제가 센스가 없네요, 하고

웃으며 넘겼다. 하지만 순간 얼굴 전체에 표독스러움이 판판히 번졌다. 그리고 얼마 안 가 엘리사벳은 손을 베이며 과도를 놓쳐버렸다. 괜찮냐, 밴드를 감아야지 않느냐 하는 수선이 한바탕 지나고, 엘리사벳은 식사 자리에서 거의 처음으로 나를 지목하면서 "판사님, 우리 새로 오신 판사님, 다들 나이가 많으셔서 그런데 과일 좀 깎아줄 수 있겠어요?" 하고 물었다.

순간 참석자들 시선이 내게 모였다. 나는 당황했지만 그도 그랬기 때문에 엉겁결에 받아들었다. 배를 깎고 마저 사과를 들자 그건 그냥 사과 한 알이고, 일개 판사가 아니라 대법원장이라도 그쯤의 일상적인 일은 할 만한데도 꺼림칙해졌다. 나는 손을 놓고 사람들을 둘러보았다. 그리고 "성당 다니세요?" 하고 엘리사벳에게 물었다. 그는 그렇다고 했다.

"모태신앙이에요. 수녀 공부를 하기도 해서 한때는 그렇게 살 줄 알았답니다."

"그러시구나. 지금은 안 나가지만 저는 글라라예요."

엘리사벳은 금세 미소를 지으며 고개를 끄덕였다.

"글라라는 맹인들의 수호성인인데 판사님께 아주 어울리는 이름이네요?"

"그렇죠."

그렇게 대답한 뒤 나는 다시 사과를 들지 않았고, 분위기를 살피던 부장이 이제 그만 일어나자고 했다.

"과일은 배가 불러서 못 먹겠어. 노욕은 식욕으로도 온다는데 오늘 너무 먹었네."

식당에서 나와 부장 차를 타고 집으로 가는데, 부장이 "이판사, 기분이 나쁘지는 않았나?" 하고 확인했다.

"나빴죠."

내 대답을 듣자 양선배가 조용히 차창을 열었다 다시 닫았다. 거의 대화 없이 술만 마신 선배는 그날 보니 조용한 폭음가 스타일이었다.

"엘리사벳이 간 보느라고 그런다네. 남자 판사면 술이나 뭐 이런 유흥으로 간을 보는데."

"유흥요?" 어이가 없어 묻자 부장은 "유흥이라고 해봤자 그저 노래방 가서 노래하는 정도지 뭐" 하며 가볍게 넘어갔다. 그리고 묻지도 않았는데 "엘리사벳은 그 병원장 재취예요" 하고 흐들흐들한 말투로 보탰다. 마치 그러니 신경쓸 필요 없다는 것처럼. 그렇게 해서 그에 대한 멸시가 가능한 것처럼.

"제주 사람도 아니고 어디서 농원 하던 사람이라는데 몰라, 어떻게 병원장 사모가 됐어 그래."

"부장님, 그런 티엠아이TMI들 사양입니다."

"티엠아이?"

"너무 과한 사적 정보의 준말입니다. 욕 아니고 신조어고 요. 저는 앞으로 이런 자리에는 나오고 싶지 않습니다. 이런 접촉 제게 도움 안 될 것 같네요. 그리고 생선회도 별로 안 좋아합니다."

"그래요?"

"네, 날것 싫습니다. 생선은 구워야 고소하고 조리면 화 려하고요."

그뒤로 차 안에는 불편한 침묵이 계속됐다. 이윽고 부장 이 먼저 내리고, 굳이 됐다고 하는데도 운전사에게 나머지 사람들까지 데려다주라고 지시했다. 그러면서 "여기는 서 울 경관들이랑은 현실이 달라요"라고 말했다.

"지역사회와 스킨십할 수밖에 없음을 이해 바란다고."

나는 홍유가 시킨 대로 칼을 버리면 부처가 될 수 있다, 될 수 있다 하고 외웠지만 갑자기 부처는 돼서 뭐하나 싶은 생각이 치밀었고 "네, 저는 그런 거 안 좋아합니다. 평소에 도 스킨십 별로 안 좋아합니다" 대답하고 말았다.

"그런가?"

"네, 확실히 그렇습니다."

그리고 귀가해서 양선배의 문자를 받았다. 부장이 새로 온 판사라고 다 이렇게 인맥을 소개하는 건 아니다, 선의로 받아들여줬으면 좋겠다는 내용이었다. 아무래도 이판사가 같은 법대 출신이니 잘 지내보기를 원하는 듯하다, 연수원 성적도 좋다보니…… 연수원 성적…… 그건 정말 정년퇴임까지 우리를 쫓아다니는 형벌이자 낙인이었다. 법조인들의 정체성이자 출신 성분, 혈액형, 별자리, MBTI였다.

나는 답을 할까 말까 하다가 그냥 누웠다. 양선배는 한때 우리 여성 판사들에게 전설 같은 존재였다. 여성 판사를 잘 뽑지 않던 법원행정처 출신인데다 수유 기간에는 젖먹이 아이를 안고 법대法臺에 오르기도 했으니까. 하지만 지금의 선배 모습은 그 전설과는 달랐다. 그래서 당신을 이미 알고 있노라고 말하지 못했다.

나는 일어나서 침대에 앉아 있다가 거실로 나갔다. 여기가 제주인가 싶을 정도로 창밖은 대단지 아파트로 빼곡했다. 대형 마트와 축구경기장, 서울에도 흔하디흔한 상점들, 대형 프랜차이즈 카페가 수두룩한 거리를 걷다보면 아무 변화 없이 그냥 몸만 이동해 있는 것 같았다. 대체 내가 어디 있는가 싶어지면서도 서울에서의 생활이 참 멀게 느껴졌다.

어쨌든 한 달여 만에 적응이란 걸 한 셈이었다. 너한테 과거란 냅킨 같은 건가봐, 뭘 그렇게 잘 잊고 잘 버려, 했던 윤호의 말처럼.

하지만 그건 걔의 오해였다. 내가 과거 이야기를 잘 하지 않고 딱히 그리운 시절도 없다고 말하기는 했지만 그건 다 잊어서는 아니었다. 그냥 무거워서 어딘가에 놓고 왔을 뿐이었다. 어느 계절의 시간 속에, 기억 어딘가에 넣어놓고 열어보지 않았을 뿐이었다. 그러다 오늘처럼 잠들 수가 없을 때면 밀려왔다. 모든 것들이.

아빠가 세상을 떠난 2009년은 내가 사법고시에 합격한 해였다. 지금도 그렇지만 그때 나는 더 냉랭한 사람이었다. 그다지 멀지 않은 곳에 있는 본가를 가지 않을 정도로. 하지만 아직 1차라 할지라도 사법고시 합격은 누군가와는 나눠야 할 기적 같은 소식이었다. 서울에서 바로 전철을 타고 수원으로 향했다. 미리 전화하거나 알리지 않고, 모처럼 부푼 마음으로. 그날따라 전철의 모든 풍경이 따뜻하게 보였다. 창밖으로 지나가는 가산디지털단지의 수많은 간판들, 왜 그러는지 지날 때마다 독산, 독산, 하고 중얼거려보게 되는 독산역의 베이지빛 타일들, 명학과 관악 같은 오래된 지명들 모두 내게 괜찮다고 다정히 말해주는 듯했다.

역에서 내려 다시 마을버스를 타고 열한 정거장을 가면 본가였다. 언제나 정류장 수는 그렇게 초조하게 세어보게 되었다. 버스에서 내려 연립주택의 이층으로 올라가는데 집 현관문이 열려 있었다. 이웃들과 돼지 목살을 구워먹으며 얼큰히 취해 있던 부모가 "네가 웬일이냐?" 하고 당황스러워했다.

"누구지?"

"딸이에요, 딸."

거의 간 적이 없어서 이웃들도 그날 나를 처음 보는 거였다.

"아, 그 수재 딸이구먼."

"네, 수재예요. 우리랑은 다르죠. 우리가 해준 것도 없이 잘 컸어요."

겨우 내가 가방을 내려놓는 사이 그런 대화들이 오갔다. 인생과 감정의 파도를 몇 번은 넘어야 가능할 듯한 그런 무력한 자책이 프라이팬 위에서 지글지글 구워지는 돼지 목살 냄새와 함께 방안에 가득찼다.

"아빠, 왜 그런 바지를 입고 있어?"

나는 현관에서 얼마 떨어지지 않은 자리에 앉아 있다가

그렇게 물었다. 그날 아빠는 엄마가 입던 건지 어디서 났는지 모를 화려한 목련 무늬 몸뻬를 입고 있었다. 가죽을 수입해 의류업체에 공급했던 아빠는 누구보다 옷차림에 신경쓰는 사람이었다. 가죽 같은 고급 자재를 거래하는 사람들은 상대가 어떤 옷을 입는지를 누구보다 신경쓴다고 했다. 양말 색 가지고도 뒷말이 나온다고.

"기름이 튈까봐, 아무거나 입었지."

아빠는 내가 좀 냉랭하게 묻자 변명하듯 답했다.

"근데 그거 아빠 거야? 여자 것 같은데."

"아이고, 딸내미가 자기 아빠 옷매무새까지 신경쓰네. 아주 살갑다."

"우리 영초롱이가 아빠를 참 위해요."

엄마가 바구니에 담겨 있던 상추를 그 이웃 쪽으로 덜어주며 말했다. 그리고 다시 고기는 구워졌다. 낮 세시에 이렇게 취하고 나면 나머지 시간은 어떻게 되는 건가. 엄마와 아빠는 피자 가게부터 PC방까지 이런저런 자영업들을 시도해왔지만 대체로는 휴업 상태였다. 큰아버지는 어디고 경비라도 들어가면 될 걸, 사업하던 가락이 있어서 저렇게 곧 죽어도 사장 소리 들으려고 한다며 한심해하곤 했다.

"영웅이는?"

엄마도 아빠도 영웅이 어디서 뭘 하는지는 알지 못했다. 스무 살 먹은 재수생은 어디서 뭘 하든 신경쓰지 않는 걸까? 나는 걔가 대체 지금 어디에 있는 걸까 생각했다. 독서실에 갔나 PC방에 있나. 횟집 사장이라는 아줌마가 싸주는 쌈을 마지못해 입에 넣고 씹다가 자리에서 일어나 그냥 집에서 나왔다. 계단을 뛰어내려갔지만 정작 일층 현관에 다다라서는 어떻게 해야 할지 모르겠다는 생각이 들어 망연했다. 서울로 돌아가면 되겠지만 그러면 내가 악착같이 거머쥔 이 행복을 누구와도 나누지 못하게 되는 것 아닌가. 그러니까 이 행복은 그냥 나에게 통고된 것 이상의 어떤 의미도 못 가지지 않나. 아빠가 쫓아 내려와 "기껏 와서 이러면 어떡해?" 하고 타이르듯 물었다.

"그런데 갑자기 왜 왔어, 무슨 일이야?"

나는 그냥 지나다 들렀다며 손님들도 있으니 가겠다고 했다. 아빠 뒤편으로 시소와 미끄럼틀이 있는 동네 놀이터가 보였고 거기서 뭐가 좋은지 연신 팔을 흔들어대는 어린아이들이 눈에 들어왔다. 아빠는 서운해하면서도 더 잡지 않았다.

"혹시 돈 필요해서 온 거 아니야?"

아빠가 다시 물었다.

"필요하면, 줄 수는 있고?"

아빠는 최종까지 합격하고 나서야 그 소식을 들었다. 병실에서. 폐암은 빠르게 진행됐다. 나는 왜 죽음이 검은 그림자로 묘사되거나 죽음을 알리러 오는 이들이 검정 옷을 입는지 그때 알 수 있었다. 아빠는 점점 더 까맣고 까맣게 타 들어가고 있었다. 아파서 제대로 눕지도 못했는데 간간이 허리가 아프다며 손을 가져다대는 것이 아빠의 유일한 의사 표현이었다. 진통제와 통증에 완전히 점령당한 아빠는 내가 오고가는 것도 모르는 듯했다. 엄마가 일을 보러 자리를 뜬 사이 "아빠, 미안해" 했을 때 아빠는 통증을 참느라 숨을 색색 쉬고 있었다.

"내가 아빠를 미워했어, 아빠가 실패해서 아빠를 미워했어. 그런데 그러면 나는 아빠가 아니라 실패를 미워한 셈이라는 생각이 들어."

아빠는 내 말을 들었는지 몸을 기우뚱하고 있다가 잠시 허리를 세웠다.

"나는 아빠를 안 미워했어. 그걸 알아줬으면 좋겠어. 내가 진짜 사회지도층 인사가 됐는데, 그럴 리가 없잖아."

아빠는 그걸 들었는지, 아니면 무심코 그랬는지 아주 잠깐 이가 보이도록 웃었다.

아빠의 빈자리를 느끼는 때는 생각보다 잦았다. 꿈에도 나왔고 현실에서도 문득문득 환기되곤 했다. 고고리섬에서 일 년, 그뒤로는 대정읍으로 나와서 일 년을 보낸 내가 상처를 안고 서울에 올라왔을 때 아빠는 음료 자판기 장사를 하고 있었다. 생활정보지에 매물로 나온 자판기를 빚내서 여러 대 들여 시작한 것이었다. 도서관 같은 공공기관이면 수입이 더 안정적이었겠지만 그런 곳은 이미 선점이 되어 있고 입찰공고가 나도 아빠 같은 개인사업자보다는 업체가 유리했다. 그 일은 들이는 품에 비해 수입이 형편없었다. 자리도 여기저기 흩어져 있고, 손봐야 하는 일도 잦았다. 커피믹스는 예상치 못한 타이밍에 떨어졌다. 여름이면 습기 때문에, 겨울이면 뜨거운 물의 수증기 때문에 음료 배출구도 툭하면 막혔다. 그리고 동전은 끔찍하게 자주 걸렸다.

아빠는 먼 곳에 있는데 집과 가까운 곳 자판기에 문제가 생기면 다른 가족들이 가서 해결해주어야 했다. 계좌를 남겨주면 확인하고 돌려주겠다고 해도 믿지 못하고 지금 당장 와서 동전을 내놓으라고 욕설들을 해댔다. 그러면 하는 수 없이 엄마와 내가, 어떨 때는 영웅이까지 셋이서 나갈 수밖에 없었다. 어느 날인가 엄마가 혼자 나갔다가 무슨 심한 말을 들었는지 집에 돌아와 화장실에서 그날 먹은 걸 모두 게 위내는 것을 보고는 나도 더이상 모른 체할 수 없었다.

제주에서 돌아왔을 때 나는 말이라는 것 자체를 하고 싶지 않아 거의 입을 열지 않았다. 말을 하기 위해 목에 힘을 주면 그 동작조차 생경하게 느껴질 정도였다. 대신 문을 완전히 잠가놓고 스스로를 허리띠로 의자에 묶어가며 독하게 공부했다. 하지만 엄마가 또 그런 전화를 받고 나갈 채비를 하는 소리가 들리면 못 들은 척할 수 없었다. 아무 말 없이 따라나섰다.

어느 날은 엄마의 아르바이트가 겹쳐서 나와 영웅이만 나가게 되었다. 그렇게 애들만 나가면 좀 머쓱해하며 성질을 죽이는 경우가 있는가 하면 오히려 더 무시하고 돈을 받은 뒤에도 우리를 돌려보내지 않고 놀리거나 화를 내는 경우도 있었다. 어느 날은 가보니 얼굴이 아주 하얗고 비쩍 마른 청년이 기다리고 있었다. 그는 내가 가서 삼백원을 내밀자 받아들고는 아무 맥락도 없이 "나랑 갈래?" 하고 물었다.

"휴대전화 있어? 번호 좀 가르쳐줄래?"

나는 일단 영웅에게 잠깐 뒤에 가 있으라고 했다. 그리고 "그러면 어떻게 되는 거지?" 하고 청년에게 물었다. 그렇게 말한 건 호기심을 가져서도 두려움을 느껴서도 아니고 오히려 반대였다. 그가 나를 어떤 방식으로든 해할 수 없을 정도로 단단한 분노가 일어서 거리낄 것이 없는 기분이었다. 사람을 여기까지 당장 불러내어 끝내 받아내야 하는 삼백원의 동전 같은 인간들, 다른 데서 쌓인 울분을 이 싸구려 자판기를 걷어참으로써 풀고 욕을 하고 오줌까지 싸놓는 인간들. 그런 주제에 그 입에서 나온 '나랑 갈래'는 얼마나 소름 끼치게 징그러운 말인가.

"롯데월드도 가고 노래방도 가고. 술 좋아해?"

청년은 내가 관심을 보인다 싶었는지 말을 보탰다. 긴장을 했는지 흥분감이 있는지 발갛게 열이 오른 얼굴로. 그가 멘 색에 외국 유명 대학의 교표로 만든 배지가 붙어 있는 것이 보였다. 샀을까, 주웠을까, 진짜일까.

"너 있잖아."

내가 반말을 하자 청년은 약간 인상을 썼다.

"앞으로 자판기에서 뭐 하나 뽑아 먹을 때마다 내 말을 떠올리게 될 거야."

"무슨 말?"

"넌 씨발 좆같은 놈이라 앞으로도 되는 일이 하나도 없을 거라는."

그러고 내가 도망도 가지 않고 쏘아보자 청년은 나를 때릴 듯이 손을 치켜들었다가 자판기가 서 있던 문구점에서 주인 아저씨가 나오자 주춤주춤 돌아서서 가버렸다. 나는 자판기를 열어 커피 믹스와 코코아 가루를 채워넣은 다음, 아빠가 자판기 내부에 붙여놓은 일지에 완료, 라고 쓰고 동전 통을 수거했다. 집으로 돌아가는 길에 영웅이 "아까 그 새끼 좀 때려줄 걸 그랬나?" 하고 물었다.

"때리면?"

"아파하겠지."

영웅이 주먹을 쥐면서 말했다.

"땡, 치료비 나가지."

"아, 치료비. 그 생각 못했다."

영웅이 멘 가방에 동전들이 들어 있었기 때문에 걸을 때마다 찰랑찰랑 소리가 났다. 한편으로 몰려갔다 돌아와서 다시 차락 기울어지는 소리가.

"누나 요즘 왜 성당 안 다녀?"

우리 가족이 흩어져 있던 이 년이 지나고 가장 다른 사람이 된 게 나였다. 부모는 사춘기가 왔기 때문이라고 여겼고 영웅은 공부가 힘들어서라고 생각했다. 그 이유는 고모라면 이해할 수 있었겠지만, 고모는 나를 서울로 올려보내고 나서 거의 연락하지 않았다.

"영초롱, 서울 가서 그냥 씩씩하게 살면 된다. 너가 나중에 얼마나 고고리를 기억하겠니? 거의 잊힐 거야. 하지만 만약 마음에 미안함이 인다면 그것만은 간직하고 살아가렴. 미안함이야말로 가장 인간적인 감정이니까."

나는 종종 고모가 그리웠지만 고고리에서의 일들을 생각하면 미안함과 일종의 죄책감으로 마음이 서늘해졌다. 어쩌면 고모에게는 그 일이 그렇게 심각하지 않았을지도 모른다. 어른이 되고 나서는 나도 그런 생각을 할 수 있었다. 하지만 십대 내내 고고리에서의 일들은 내 마음을 광폭하게 흔들곤 했다. 바람이 부는 날 자전거를 타고 고고리섬을 누비면 불어닥치던 그 양뺨을 갈기는 듯한 칼바람처럼.

나는 영웅에게 "성당에 가면 신부님이 주로 어떤 축원을 하시지?" 하고 물었다. 영웅은 무슨 소린가 하는 표정을 지었을 뿐 대답은 하지 않았다.

"가난한 사람, 슬퍼할 줄 아는 사람, 온유한 사람, 올바른 것을 위하다 힘들어진 사람, 그런 사람들이 다 복을 받는다 하시지. 그런데 나는 그런 게 싫다. 거짓말 같아서."

영웅은 그렇게 싫으면 성당에 나가지 않아도 된다고 생각한다며 내 편을 들었다. 누나는 똑똑하니까 사실 안 다녀도 될 것 같다고. 나중에도 도시 곳곳에 흔하게 놓여 있는 음료 자판기들은 내게 아주 복잡한 고통 같은 것을 안겨주었다.

하지만 어느 때에는 그렇게 가족들이 어떤 곤경과 맞서보려고 했던 때가 대책 없이 그리워지기도 했다.

*

"자, 계속해서 내빈 소개를 하자면 우리 권오착 화백님 와주셨습니다. 대한민국 케이-아트 예술제전 우수상 수상 후보를 역임하시고 현재 오름미술관을 운영하고 계십니다. 그리고 송창수 케이파이텔레콤 제주지사장님 오셨습니다. 어멍 아방덜 손지들이랑 영상통화하고 유튜브로 가짜 뉴스, 아니, 정치 뉴스 보고 하시죠? 그것이 다 케이파이텔레콤 기지망으로 하는 겁니다. 네네, 파이브 지. 자, 그리고 이분 아주 중요한 분이지요. 다랑초등학교가 낳은 많은 역사적 인물이 있다지만 이런 명예 또 있을까요? 다랑의 딸, 다랑의 자랑! 사법연수원을 4.2라는 최우수 성적으로 졸업하며 이분이 이런 말을 하셨습니다. 아뇨, 10점 만점이 아니고 4.3이 백 점 그러니까 만점입니다. '재판은 인간의 해원을 위한 투쟁의 여정, 대형 로펌 안 가고 판사로 남을 터'. 자, 이 훌륭한 다랑의 딸, 제주 성산법원에서 근무하시는 이영초롱 판사님입니다. 네, 모두 따뜻한 박수로 맞아주시네요.

판사님 한말씀? 아니 안 하신다고요. 그래도? 네, 안 하신다고. 이럴 줄 알고 제가 우리 판사님 다랑초등학교 다닐 때 어떤 학생이었는지 공부를 잘했는지 개구졌는지 부모님 속은 안 썩였는지 조사를 해보았는데요, 어린이 여러분, 여기를 보세요. 판사님 오셨어, 판사님. 이영초롱 판사님의 초등학교 생활기록부에는 이렇게 적혀 있어요. '학업성적 우수하며 교우관계가 원만함. 장래희망 판사.' 봐요, 여러분, 될성싶은 나무는 떡잎부터 알아본다고 여러분만할 때 이미 꿈이 판사셨어요. 자, 여러분 동문 선배님에게 나중에 인사 꼭 하시고 이번에는 주민을 대표하는 고고리섬의 일꾼, 우리 문순기 이장님을 모시고 축사를 들어보겠습니다. 이장님?"

"제가 문순기 신임 이장입니다. 준비를 뭐 혜신디 이런 건 읽어도 다 소용어신 거라마씸. 제발 부탁헴신디 아주 주민들 도투지랑 말앙 살거라이. 우리 섬에서 일사분기에 소송 건이 여덟 건이요. 이디 우리 고고리섬, 자랑스러운 하영 열심히 공부허고 이판사님도 나온 섬이지만 내가 판사님 얼굴도 알아마씸. 보건소 의사님 조케였던가? 딸은 아니주게? 네, 그 의사 선생님도 우리 섬에서 열성으로 자기 직분을 다 허셨고 이짝 동리 지금 의용소방대 건물 이층에 살앗저. 경 허난 마을의 인심이라는 것은 다른 게 아니라마씸. 기냥 이

디저디 강 어욱밧디 생이소리 허고 소도리헤야 허크라? 와
락 도투당 요즘에는 살기가 편혜신가 무사 경 소송을. 아 무
신 대정읍에 마실가듯이 소송을 허는 건가 당췌 몰르커라.
요작이도, 강셍이 안 묶엉 우리 강셍이 새끼 뱄뎬 안 묶었뎅
소송을 헤수게. 아니 묶엉놔도 발정낭 나가부는디 강셍이를
어떵허코. 경헌 건 고뜬 마을 안이서 서로 이해를 헤사주,
사름도 아니고 강셍이가 경혜신디."

"네, 이장님. 그러니까 우리가 모두 화목하게 지내서 어
린이들의 모범이 되자 이런 말씀이신 걸로 정리를 하면 될
까요?"

"게난, 아니, 그추룩 도툴 시간 이시민 산담이나 다시 다
우란 말이라마씸. 다 허물어졍 여름에 태풍 오민 어떵허젠.
거야말로 우리신디 중요한 문제주. 강셍이 발정난 건 아무
문제가 아니고."

"네, 요즘 가슴 아픈 사건들이 많은 상황에서 더욱 어린
이들의 안전에 신경쓰자는 이장님의 간곡한 부탁이셨습니
다. 지금 마을회관에서 여기 부녀자회 분들이 상다리가 부
러지도록 만찬 음식을 준비하고 계십니다. 전복죽 문어숙회
성게 그리고 고고리섬 대표 상품인 뿔소라를 한류 문화로
드높일 버터구이까지. 지금까지 저는 다랑초등학교 졸업생

이자 금세기그룹 문화사업팀의 촉망받는 대리 고오세였습니다. 수고 많았고 어멍 아방들 고맙수다!"

나는 넋을 놓고 보다가 저 닳고 닳아서 무슨 내가 폐업 직전 쇼핑몰 떨이 세일장에 온 건지 초등학교 기념식에 온 건지 모르겠다고 생각했던 진행의 주인공이 여기 동문이라는 사실에 깜짝 놀랐다. 내가 교장이라면 담당 선생에게 시말서를 쓰라고 했으리라고 생각했다. 시말서는 한 장으론 안 되고 저 정도로 행사를 망쳤다면 정말 책 한 권은 써야 해. 그렇게 생각한 사람이 나뿐만은 아닌지 두 줄 뒤 기자석에 앉아 있던 홍유는 이미 눈을 장난스럽게 굴리며 입으로 "미친 진행"이라고 평하고 있었다.

식이 끝나면 바로 나와서 배를 타고 섬을 나가려고 했는데 그 또한 쉽지가 않았다. 그 문제의 진행자인 고오세 대리가 와서 나를 몰고 몰아 마을회관으로 갔기 때문이었다. 거기에는 또 겸상을 하고 있으면 한없이 지루해서 오수라도 한판 즐겨야 할 것 같은 시의원과 지역유지들 시청 공무원들이 있어서 나는 아무리 한 상 가득 맛있는 음식들이 차려져도 얼른 일어나고 싶을 뿐이었다. 그렇게 한 시간을 어떻게 버티고 있는데 대체 이 행사의 진행자인지 아니면 스태프인지 모를 정도로 연신 음식을 나르던 고오세가 내 자리로 왔다. 또 한바탕 서로에게 서로를 소개하는 시간이 지나고 그는 내게 "우리 학교 같이 다녔잖아요"라고 말했다. 우리가? 당장은 생각이 나지 않았지만 반갑네요, 하고 대답했는데 그가 약간은 서운한 듯이, 하지만 사람 좋게 웃으며 "정말 기억 못하나보네" 했다.

"너무 서운하네요."

"아니, 친한 친구였는데 지금 이판사가 기억 못하는 거예요?"

홍유가 물었다.

"친했는데, 친했다고 생각했는데 그래서 편지를 안 받고 싶어했구나, 나만 친하다고 생각해서. 나는 공부하려고 그랬나 했는데."

편지를 안 받으려고 했다는 말을 듣고 나서야 나는 고오세가 떠올랐다. 하지만 끝까지 생각이 난다고 하지 않았다. 모르겠다고 미안하다고. 고오세는 얼굴 가득 섭섭함을 띠고 있다가 금세 표정을 풀며 괜찮다고 했다. 그저 나를 다시 만날 수 있게 되었다는 사실 자체가 기적 같다고. 홍유가 이 프로가 근무를 너무 열심히 해서 그런다고, 자기 아파트 음식물 쓰레기통 비밀번호도 까먹어서 며칠 동안 버리질 못할 정도라고 편을 들었다. 나는 홍유는 대체로 처음 만나는 사람들에게 그렇게 살갑게 대하지 않는데 웬일일까 생각했다. 이유는 나중에 긴 행사가 끝나고 홍유와 함께 집으로 들어와서야 밝혀졌다. 그가 60, 70년대의 홍콩 무협 배우인 장다웨이를 닮았기 때문이었다. 홍유는 이틀 더 머물다가 서울로 돌아갔는데 내내 한국에서는 그다지 유명하지도 않은 장다웨이 타령을 하다 갔다. 이소룡, 왕우 모두 톱스타였지만 사실 가장 부담스럽지 않은 '육체파'에 젊고 모던한 느낌까지 낼 수 있었던 배우는 장다웨이였다고.

고고리섬 바다에서 잡았다는 성게와 전복으로 배를 채우는 와중에도 일종의 민원이 우리 테이블로 밀려들었다. 통신사 지사장에게는 마을 어촌계장이 찾아와 송구스럽기는 하지만 자기 집 텔레비전이 나오지 않는다고 했다.

"아이고, 그러십니까? 불편하시겠어요."

"거난 나 고뜬 사름이 무신 낙이 이시쿠가? 아주 내가 테레비 안 뒹 슬펑. 가깝허영 못살키여."

"그, 고객센터에는 전화를 해보셨고요?"

"헤수다. 게염지 좁안 방울 물엉들이듯 헤수다."

그건 개미가 좁쌀 방울 물어들이듯 열심히 했다는 속담이라고 옆에서 고오세가 설명했다.

"안 됐고요?"

"경 부탁허여봐도 소용엇저."

지사장은 섬에서 텔레비전이 안 나오면 도시와는 또 다르지요, 볼거리가 없는데요, 하면서 공감하는 눈치였다. 그리고 아래 직원에게 알아보라고 지시했다. 그다음에는 고고리 발전위원회 사람들이 와서 고고리섬으로의 이주를 제한하는 법안에 대해 시의원에게 묻고 갔다. 지금은 백사십 호 정도가 사는데 이 숫자를 인위적으로라도 제한하겠다는 것이었다. 지속 가능한 섬이 되어야 하니까요, 라고 고오세가 다시 말을 보탰다. 내게는 이장이 찾아왔다. 잔치 자리에서 이런 말을 하는 게 옳은지는 모르겠지만 돌 때문에 송사가 났다고 했다.

"무슨 돌인가요?"

"고넹이돌이라마씸."

고양이돌 말하는 거냐고 내가 묻자 좌중이 모두 여기 출신이 맞는구먼 하고 흐뭇해했다. 재작년에 태풍이 왔을 때 고넹이돌 해안가가 피해를 많이 보았다. 돌도 약간 파손이 되었는데 어느 날인가 바지선이 들어오더니 실어내갔다는 것이었다. 그때만 해도 주민들은 바위가 너무 부서져서 나라에서 위험해서 치웠나보다 했다. 하지만 엉뚱하게도 돌은 서귀포시 대형 스파에서 발견되었다. 알고 보니 업자가 공사 폐기물 속에 넣어 훔쳐간 것이었다. 스파에서는 인테리어를 한 건설업체 탓을 하고 업체는 그 돌이 폐기물이었다고 주장을 한다고. 그 신성한 돌을 그냥 폐기물에 지나지 않는다고 그렇게 우긴다며 답답해했다.

"아니, 그런데 그 돌을 어떻게 알아봤어요?"

홍유가 물었다.

"기자님, 기사 좀 써줍서. 우리 주민덜이 목욕 갔당 딱 보난 아주 새빨경한 조명 받으멍 탕에 있었다는 거 아니꽈?"

이장은 그 돌을 찾아오는 일로 지금 소송을 할 판이라고 했다. 그러니 어떻게 내가 그 사건을 맡아 유리하게 재판해줄 수 없겠느냐는 요지였다. 나는 사건 배당은 내가 나서서 받을 수가 없지만 이 내용이 사실이라면 당연히 찾아올 수 있으리라고 안심시켰다.

"아주 다 도둑쨍이덜이여. 육찌 싸름덜 왕 전기로 물궤기 잡고 전복 켄다고 잠수하고 방풍나물도 다 뜯어가고 이젠 돌까지 바지선에 감추와가곡 참 하영 못 가져가서 난리라."

"싸워야죠, 이장님."

듣고 있던 고오세가 응원하듯 두 팔을 불끈 들며 말했다.

"싸왕 뒈카?"

"안 되민 뭐 그냥 들입더 빼옵주게."

그러는 사이 회관 거실에는 노래방 기계가 켜졌고 나는 그쪽을 보다가 웃음이 터졌다. 벽에 노래방 운영 규칙이 쓰여 있었기 때문이다. 첫번째 규칙인 '우 골로로, 알 족족'은 제주어로 위 골고루 아래 조금씩이라는 뜻이라고 고오세가 말했다. 이를테면 장유유서였다. 벽에는 마을 노인들이 몇 년도 출생인지가 다 적혀 있었다. '한만금 34년생, 고사천 42년생, 지영오 40년생(호적 기준)' 이런 식이었다. 고오세는 어른들이 "오세야, 오세야" 부르자 "나 무사 불럼수가?" 하면서도 얼른 거실로 나가며 내게 자기 사진을 좀 찍어달라고 했다.

"사진요?"

고오세가 고개를 힘차게 끄덕이며 나아가 내 나이가 뭐 어때서 그러냐는 어르신 노래에 전혀 어울리지 않는 보사노바풍 춤을 추기 시작했다. 노래 박자와 춤 박자가 전혀 맞지 않아서 웃음이 났다. 상 위에는 막걸리가 돌고 서울 막걸리는 너무 달아서 먹을 수가 없다, 그런 건 요구르트지 막걸리가 아니다, 진정한 고고리 사람은 절대 막걸리를 흔들어서 먹지 않는다, 가라앉은 건 가라앉은 대로 두고 요 윗술만 먹어야 진짜다, 하는 어려서도 들은 듯한 고고리풍 대화가 연이어 돌았다. 나는 마음 어딘가가 풀어져서 홀짝홀짝 그 막

걸리를 받아 마셨다. 소주만큼 맑고 담백한데 술 특유의 독기랄까 하는 것이 없었다.

드디어 식사가 끝나고 선착장 쪽으로 가면서 나는 오랜만에 좀 걷겠다고 했다. 나머지 사람들이 차를 타면서 마지막 배가 네시 이십분에 뜨니 절대 늦지 말라고 당부했다. 섬은 그때에 비해 확실히 발전해 있었지만 크게 변하지는 않은 듯했다. 모든 것이 그 자리에 있었다. 바람, 청보리, 선인장과 에델바이스, 4월의 따뜻한 바람, 산담, 갯강구, 폐비닐, 낮은 지붕의 집들. 나와 고모가 살았던 집은 지금 의용소방서가 되어 있었다. 나는 동리 쪽 접안 시설을 지나면서는 그 집을 보지 않으려고 노력했다. 복자의 집, 마을에서 드문 보라색 지붕 집.

고오세는 나와 홍유를 뒤쫓아오면서 내게 사진을 보내달라고 했다. 할망 할아방 사이에서 전혀 어울리지 않는 그 보사노바풍 춤을 추고 있는 사진을 몇 장 보냈는데, 고오세는 이거야말로 자기 SNS에 꼭 올려야 한다고 했다. 주민 친화적인 고대리의 삶을 상사들에게 보여줘야 한다는 것이었다. 하지만 나중에 홍유는 고오세가 일종의 스킬을 쓴 거라고, 그렇게 해서 연락처를 자연스럽게 알아낸 거라고 귀여워했다. 해변 앞을 지나는데 맞은편에서 흰 개가 걸어왔다. 홍유가 개의 얼굴을 보자마자 와하하— 하고 배를 잡았는데 개에게 눈썹이 나 있었기 때문이었다. 복자가 자기네 집 개에게 그렇게 해놓곤 했던 기억이 났다. 개는 걸어오다가 우리에게 얼굴을 대고 냄새를 킁킁 맡았고 쌍꺼풀이 나 있는 순한 눈을 들어 바다 쪽을 보더니 다시 제 갈 길을 갔다. 해안의 바윗돌들 위에는 고양이 두 마리가 누워 흐드러진 봄볕을 맞으며 잠을 자고 있었다.

승선 시간이 얼마 안 남았을 때야 매표소에 도착했다. 서둘러 승선 신고서를 작성하고 표를 받았다. 홍유가 터미널 안에서 파는 미역을 보고 사고 싶어했지만 내일 같이 시장을 가자고 말렸다. 유채꽃이 피는 시기라 터미널 안은 섬을 찾은 관광객들로 복작거리고 있었다. 고오세가 특산품 매대 앞에서 누군가와 얘기를 하고 있다가 "저기, 저기 이판사님!" 하고 불렀다.

터미널 안 공기가 답답해 막 나가려고 할 때였다. 누군지 보려고 했지만 특산물을 사고 값을 지불하는 사람들 때문에 얼굴이 보이지 않았다. 나는 인사해야 하는 사람이 또 주민이라면 이미 충분히 했다는 생각이 들어서 잠깐 고개를 숙여 보이고는 선착장으로 나갔다. 친환경 에코 힐링 섬이라는 글자가 새겨진 돌하르방이 서 있고 고오세네 회사에서

리모델링해 짓고 있다는 미술관도 보였다. 이런 바닷바람에 어쩌려고 저런 노출 콘크리트로 짓고 있느냐고 함께 온 어디 교수라는 사람이 말했다. 삼랑호가 도착하고 고오세가 손에 기다란 마른미역을 들고 달려왔다.

"야, 고마워요."

홍유가 반겼다.

"그리고 이건 이판사 것. 저기 친구가 챙겨주라고 하더라고요. 동창이 팔아요. 거저나 마찬가지로 싸게 샀습니다."

나는 요리를 거의 안 하지만 일단 고맙다며 받아들었다. 그리고 누가 아직 여기 사느냐고, 내가 아는 앤가? 하고 무심코 말을 흘렸다. 그러자 고오세는 나를 멀거니 바라보다가 "응, 복자라고 알죠?"라고 물었다. 복자가 돌아와서 산다고.

*

고오세는 내가 제주를 떠날 때 유일하게 서울 집 주소를 물어본 애였다. 그때 나는 중학교에 진학해 대정읍에서 하숙을 하고 있었다. 고고리섬에는 초등학교만 있었기 때문에 졸업하면 대정읍으로 나가는 애들이 많았다. 형편이 괜찮은 집은 고고리섬과 대정읍에 집을 하나씩 가지고 있었다. 고모는 보건소 의사인 자기가 섬을 떠나 있을 수는 없고 너는 공부를 해야 하니까, 하고 이유를 설명했다. 고모가 나를 대정읍으로 보낸 건 고모로서도 어느 정도의 지출을 감내한 것이었지만 나는 좋지는 않았다. 한편으로는 그 일이 있고 나서 고고리섬에서 지내는 일이 쉽지 않았기 때문에 감수할 수밖에 없다고 받아들였다. 하지만 그 무렵의 내 나날들이 자꾸 누군가와의 헤어짐으로 채워지고 있다는 건 좋지 않은 흐름이었다.

말하기 싫은 날들이 시작된 건 그때부터였다. 입을 열어서 공기를 들이쉬고 혀를 움직여 어떤 소리라도 만들어내고 싶지가 않았다. 말은 모든 것을 앗아가버리니까. 복자와 나를 불행으로 몰아넣고 이선 고모와 나의 고모에게도 상처를 주었다. 나는 그들을 좋아하고 사랑했는데 왜 이렇게 되었을까.

내가 겨우 열네 살이라는 사실에도 화가 났다. 아직 살날이 헤아릴 수 없이 많이 남았다는 데에. 14에 14를 더해봐야 하숙집 딸인 경선 언니의 나이였다. 거기에 또다시 14를 더해봐야 담임선생의 나이였다. 얼마나 많은 나이를 더하고 더해야 내 눈앞에 존재하지 않는 사람들의 나이가 될까. 나는 닮고 싶은 사람 목록에 있던 펄 벅의 생몰년을 확인해보았다. 14를 여섯 번쯤 더해야 하는 시간이었다. 복자가 존경하던 퀴리 부인의 나이를 헤아려보았다. 그는 이미 육십육 년 전 숨을 거뒀는데 그가 죽기까지 걸린 시간이 되려면 지금 내 나이가 네 번 반 넘게 더해져야 했다.

"내 주소는 알아서 뭐하게?"

좀 경계를 하며 물었다. 나는 이곳을 떠나면 다시는 돌아오지 않을 거였고 여기를 떠올리게 하는 모든 것들을 삭삭 지울 생각이었다.

"편지를 쓰고 싶어서."

어린 고오세는 약간 부끄러워하며 말했다. 고오세의 아버지는 배를 가지고 있는 어부이자 특이하게도 서예가였다. 가끔 지나다 보면 고오세는 읍내에서 멋지게 표구한 글씨 액자를 들고 아버지와 함께 돌아오곤 했다. 같은 학년이고 애들이 몇 명 되지 않는데도 고오세에 대한 기억은 거의 없었다. 내가 복자와만 친했기 때문이었다. 나는 복자를 통해서만 섬의 대부분의 것들을 받아들였다. 공기라든가, 계절이라든가, 풍경이라든가, 사람들이라든가, 말과 농담이라든가, 모든 것들을.

복자네는 꾸준히 개를 키웠고 복자는 으레 눈썹을 그려

주었다. 대체 왜 개에게 그렇게 하는 거야? 물으면 우리 제순이는 특별하니까, 라고 대답했다. 복자는 그런 제순이의 눈썹이 일종의 농담 같은 거라고 했다. 그리고 농담은 우리에게 일종의 양말 같은 것이라는 명언을 남겼다. 우리의 보잘것없고 시시한 날들을 감추고 보온하는 포슬포슬한 것. 농담을 잘하는 사람들을 곁에 두면 하루가 활기차다고도 했다.

나는 그 말을 다만 복자가 한 것이라서 귀담아들었다. 낯선 섬 생활에 적응해야 하는 내게 복자가 하는 말은 고고리 보말처럼 요긴했으니까. 바다의 고둥인 보말은 어느 음식에 넣어도 좋은 재료였다. 그런가 하면 어디를 꾸밀 수 있는 장식재도 되고 우리의 좋은 놀잇감이 되기도 했다. 복자는 주머니에 보말 껍데기를 가지고 다니면서 마음에 들지 않는 것들을 '조지는' 데 썼다. 그 작은 섬에서도 복자의 마음에 들지 않는 일들은 매일매일 일어났으니까.

일단 방파제를 새카맣게 덮는 바퀴벌레 같은 갯강구들이 있었다. 나도 처음 봤을 때 징그러워서 기겁을 하기는 했지만, 복자는 유달리 진저리를 쳤다. "왜 그렇게 갯강구가 싫은 건데?" 하고 물으면 "지겨워서"라는 답이 돌아왔다.

누군가가 누군가와 싸우는 일, 특히 누군가가 누군가를

일방적으로 놀리는 일 역시 복자가 아주 싫어하는 짓거리였다. 당장 보말이 날아갔다. 다만 서로 놀리는 상황만은 용인했는데, 그런 상황이라면 양자합의가 이뤄진 셈이고 양자가 그렇다는 건 양자역학의 상호관계 개념에 따라 서로 중첩되어 싸우는 게 아니라 농담을 주고받는 셈이 된다고 복자는 설명했다.

"영초롱아, 너 양자역학이라고 육지에서 학습한 적이 있을까?"

"당근 빠다코코넛이지."

그러고 나는 백과사전을 거의 외우다시피 한다고 덧붙였다. 물론 과장이었다.

"기구나…… 그럼 내 말을 다 알아듣고 이해했겠네."

"당연히 그래."

"기……"

물론 그런 농담의 양자역학이란 그때나 지금이나 알 길 없는 얘기였다. 하지만 지금의 나는 그때의 내 마음 정도는 헤아릴 수가 있다. 열세 살의 나는 어떻게 해서든 복자가 나를 친하게 지낼 만한 존재로 여겨주기를 원했을 것이다. 그리고 복자가 그렇게 생각하려면 나를 좀 불쌍한 전학생으로 받아들이는 동시에, 그래도 뭔가 '있어 보이는' 애로 느껴야 한다고 생각했다. 누군가가 누군가를 좋아하는 과정에는 상대에 대한 은근한 우월뿐 아니라 일종의 선망이 진득하게 감겨야 한다는 것. 그것이 어린 내가 체득한 인간관계의 조건이었다는 점을 곱씹다보면 어쩔 수 없이 유감이 생겨나곤 한다. 내가 주머니에 넣어 만지작거리고 있었던, 상대에게 주려 했던 감정적 보상이 그뿐이었다는 점에 말이다.

복자는 장래희망이 과학자였고 다랑초등학교 열두 명의 육학년 아이들 중 몇 안 되는 과학부 부원이었다. 과학경시대회나 각종 발명품 대회에도 자주 참가했다. 그리고 과학자의 꿈을 위해 외국어 익히듯 표준어를 공부하고 있다고 했다. 과학의 엄정한 개념들에 대해 다른 과학자들과 소통하기 위해서는 일단 언어의 정립이 필요하니까. 그래서 라디오를 열심히 들었다. 섬 밖으로 나갈 일이 거의 없는 복자가 유일하게 외출하는 날이 바로 경시대회와 애청 프로그램인 〈별이 빛나는 밤에〉 공개방송 날이었다. 그때만은 복자의 할머니도 본섬에 나가 하룻밤 자고 오는 걸 허락했다. 복자는 이혼하고 섬을 떠난 엄마 집에서 자고 온다고 했다. 어쩌면 복자는 그래서 더 외출을 손꼽아 기다렸는지도 몰랐다.

하지만 그렇게 짧은 여행을 다녀오고 나면 복자의 얼굴에는 한층 다채로운 그늘이 드리워졌다. 혼자 있고 싶어했고,

그런가 하면 혼자 있고 싶지 않은 것처럼 친구들의 관심을 끌 만한 행동을 했다. 평소 같지 않게 우리를 놀리거나 비아냥거리거나 하는 일들을. 그리고 갯강구나 말썽쟁이들에게 하는 것으로는 성에 차지 않는지 섬에 백여 개나 있는 고인돌들에 팔매질을 했다. 섬에서는 고인돌들을 '왕돌'이라고 불렀다. 지하에 묘실을 만들고 굄돌 없이 커다란 돌을 올려둔 형태였다. 선사시대부터 자리를 지켜온 그 왕돌들은 그런 공격으로는 꿈쩍도 하지 않을 것이 분명했지만 복자는 멈추지 않았다. 주머니에서 나온 보말들만 죄 깨져나가도 그 이길 리 없는 싸움을 계속했다. 나는 그렇게 드러나는 복자의 감정들에 대해 되도록 관찰자 역할만 하려 했지만, 그럴 때면 우리의 어떤 공기와 분위기에 균열이 나는 것을 함께 느꼈다. 지금 생각하면 그건 유년이라는 시간이 상처로 파이는 순간이 아니었을까. 뭔가 세상이 총체적으로 한심해지는 가운데 그래도 거기 빨려들지 않기 위해 뭐라도 해야 한다는 유약한 저항감이 드는.

하지만 거친 파도가 잦아들듯 마음이 잠잠해지는 때는 왔고 그러면 우리는 함께 고망 낚시를 갔다. 고망 낚시는 나뭇가지나 철사 같은 것에 미끼를 달아 바위틈에 숨어 있는 물고기를 잡는 낚시법이었다. 고고리섬처럼 모래사장이란 눈

썼고 찾아볼 수 없는, 바위가 가득한 해변에서 주로 하는 것이었다. 베도라치나 쏨뱅이 같은 물고기를 노리기는 했지만, 사실 우리가 그렇게 해변에 서 있는 건 그런 실물을 획득하기 위해서가 아니라 마음을 다잡기 위해서였다. 그리고 그런 시간을 주로 노래가 채웠다. 각자의 워크맨에 카세트테이프를 넣고 동시에 버튼을 누르는 방식으로 같은 노래를 들었는데, 대체로는 동물원이나 유재하 같은 가수들의 포크송이었다. 복자는 그런 노래들을 우리의 아지트였던 이선 고모의 휴게점에서 듣고 좋아하게 되었다고 했다. 이선 고모는 복자 엄마의 친구였다. 엄마가 없는 고고리에서 엄마만큼이나 복자에게 소중한 사람.

지금도 그렇지만 그때도 고고리섬 물살은 셌다. 배가 사흘이 멀다 하고 끊기고 외지인들이 들어왔다가 사고를 당하는 일도 잦았다. 나는 마을에 그런 사고가 났다고 들으면 집 밖을 나가기도 으스스했고 바닷가에 서 있자면 더 그랬다. 그래서 "그 사람 아직 못 찾은 거 알아? 보말 잡으러 들어갔다가 못 나왔다잖아" 하고 말하면, 복자는 낚싯대를 뺐다 넣었다 하다가 "아직 더 잡아야 하나보지 뭐" 하고 농담하곤 했다.

"다 잡으믄 나오겠지."

복자는 서울에 관한 이런저런 정보들을 나를 통해 확인하기도 했다.

"서울 시청역 앞 말이야, 거 가봔?"

강서구 쪽에 살았던 내게 시청은 엄마가 좋아했던 메밀국숫집에 들를 때 지나치는 곳일 뿐이었지만 나는 자주 가봤다고 했다.

"그럼 거기 혹시 우체통 있니?"

"우체통?"

"동물원 노래 들으면 꼭 거기 우체통 하나쯤은 있을 것 같아."

복자가 그렇게 상상한 건 〈흐린 가을 하늘에 편지를 써〉와 〈시청 앞 지하철역에서〉 같은 동물원의 대표곡들 때문이었다. 나는 있다고, 출구에서 나오면 딱 있다고 답했다. 어차피 당장 확인할 수는 없을 테니까. 우리가 비행기를 타고 서울로 가서 그걸 확인하는 건 아주 먼 일일 테니까. 아무리 빨라도 고등학생이나 돼야 할 테니까. 나는 한 계절 몇 달 만에 그렇게 멀어져버린 그곳에 대해 슬픔을 느꼈다가 따귀를 갈기듯 불어오는 바닷바람에 이를 꽉 물고 그런 마음을 내리눌렀다. 그리고 복자처럼 바닷바람을 정면으로 맞으며 꼿꼿이 서 있으려고 노력했다. 도시의 것과는 비교도 되지 않는, 몸 자체를 쥐고 흔드는 바람의 세기에 적응하고 싶었다. 그 힘을 맞으면서도 눈을 감지 않는 것, 에워싸이고도 물러서지 않는 것, 바람이 휘몰아쳐도 야, 야, 고복자! 이렇게 이름을 부를 수 있는 것, 춥거나 햇볕이 따갑다고 엄살떨지 않는 것.

"그럼 몇 번 출구인데?"

복자가 더 자세히 물어서 나는 당황했다.

"4번인가?"

"4번인가? 서울 산 애가 몰라?"

"5번인가?"

"뭐, 또 인가라고?"

내가 대답한 4번과 5번은 나중에 가보니 프레스센터와 시청 광장 쪽으로 나가는 출구였다. 그중 4번 출구로 나가 사백오십 미터쯤 걸으면 정말 광화문우체국이 있었고 그렇다면 나는 적어도 반은 사실을 말한 셈이라고 생각했다. 완전한 거짓말은 아니었다고.

나는 복자와 하는 대화를 좋아했다. 그리고 복자가 옆에 있는 것이 좋았다. 전학생이 되면 외톨이가 되거나 다른 아이들이 나를 괴롭혀 아마도 죽어버리리라 예상했던 것과는 다른 상황이었기 때문에 더더욱. 실제로 다른 아이들 말을 알아듣기란 거의 불가능했기 때문에 나는 마치 외국인처럼 눈치껏 행동하고 늘 긴장을 품고 있었다. 하지만 복자와 수다를 떨고 있으면, 그렇게 서로의 말이 함께 얽히기 시작하면 안도감을 느끼곤 했다.

고고리섬 사람들은 대부분 친족관계였고 못해도 사돈의 팔촌쯤은 됐는데 바로 그 점이 고모와 나를 분명한 경계 밖으로 내몰기도 했다. 얼마 가지 않아 나는 동리와 북리 주민들이 갈등한다는 것, 궂은 날이 연속되면 무엇보다 식자재가 귀해지는데 그걸 빌려 쓰는 데도 암암리에 정해진 규칙이 있다는 것, 들여다보면 크고 작은 원한들로 그러한 경계선들이 이뤄져 있다는 것을 알게 되었다. 그리고 그런 알력과는 별개인, 마을에서 좀 흐릿한 사람들도 있었는데 외지에서 막 들어온 이주자이거나 혹은 이러저러한 이유로 돌아온 귀향자들이었다.

고모는 마을 주민들에게 되도록 친절하게 대하고 업무에 충실했지만 사적인 관계는 맺지 않았다. 그러기 시작하면 불필요한 싸움에 말려들 수 있다는 이유에서였다. 다만 고모 또래인 휴게점 주인과는 친구가 되었는데, 고모는 그를 소개해주면서 이선 고모라고 부르라고 했다. 복자는 그를 이모라고 불렀는데 나는 고모라고 부르면 어떻게 되는가 싶었다. 그래서 내게는 고모와 이모라는 호칭이 마구 헷갈려서 나왔다.

이선 고모는 선착장과 가까운 북리 끝에 살면서 핫도그와 커피를 파는 작은 휴게점을 운영하고 있었다. 원래 고등학생 때까지 섬에서 살다가 일본으로 건너가 먼저 해부로 일하고 있던 할아버지와 함께 해녀로 일했다. 거기에는 좀 사연이 있는데, 원래 이선 고모는 간호대학에 들어갈 생각이었고 원서까지 냈지만 면접 전날 배가 안 떠서 면접을 가지 못했다고 했다. 그때 대학을 들어갔으면 오사카에서 그 고생을 하지 않아도 되었을 거라며 이선 고모는 아이고 오시이, 아까워, 라고 자주 말했다.

그런데 복자 편을 통해 들으면 거기에는 사연이 더 있는 듯했다. 복자네 할머니는 신랄하고 거친 편인 다른 할머니들과 달리 타인에 대해 이러쿵저러쿵 말하지 않으려 했는데, 이선 고모의 그 말에 대해서는 긔 원이지 뭐, 라고 했기 때문이다. 그러니까 그건 그냥 희망사항이거나 스스로 생각하는 자기 서사에 불과하다는 말처럼 들렸다.

일본에서 돌아온 이선 고모는 물질을 계속하고 싶어했지만 마을 해녀들이 조합에 가입시켜주지 않았다. 해녀 조합은 룰이 강력했고 특히 새 조합원을 받아들이는 데는 만장

일치가 필요했다. 물질이란 항상 위험이 따르는 일이어서 물에 들어가는 이들끼리의 연대는 필수였다. 가장 잘하는 것을 할 수 없게 된 고모는 그렇게 휴게점을 열고 낚시꾼이나 관광객들에게 간식을 팔면서 지내고 있었다. 하지만 생활이 그렇게 어렵지는 않은 모양이라고 어른들은 말했다. 한국보다 임금이 높고 해녀가 귀한 일본에서 돈을 실컷 벌어 왔으리라고 은근히 시기하며 떠드는 얘기들을 복자가 들었다고 했다.

복자가 이선 고모를 좋아하는 이유는 자기 엄마를 좋은 사람으로 기억하는 몇 안 되는 섬사람이기 때문이었고, 외국어를 잘했기 때문이었고, 이선 고모의 휴게점에 가면 일본 만화책이 쌓여 있었기 때문이었다. 그리고 생강 셔벗이나 완두콩볶음, 쓰케모노처럼 섬의 음식과는 다르게 단맛이 진하고 정갈한 별식을 먹을 수 있었다. 그래서 더욱 그곳은 숨겨둔 보물 아지트 같았다.

우리는 거기서 눈망울이 크고 당차고 재기 발랄한 여자애들이 등장하는 사랑 이야기에 빠져들었다. 이선 고모가 일본에서 가져온 『마가레트』 『하나토유메』 같은 만화잡지들과 『유리 가면』 『베르사유의 장미』 같은 시리즈물이었다. 고모는 일본어를 빨리 익히기 위해 만화책을 읽었다고 했다. 그런 만화에서 주인공들은 세상과 맞서며 자기 욕망을 실현하기 위해 아름답게 분투했다.

　복자와 나는 휴게점의 어둑한 자리 한편을 차지하고 앉아 만화들을 열심히 읽어내려갔다. 내가 읽는 속도가 빨랐기 때문에 언제나 1권을 먼저 잡았다. 그리고 2권을, 3권을, 그러다보면 복자는 대체 언제 이걸 다 읽을 생각인지 어떤 장면에서 좀처럼 페이지를 넘기지 않은 채 얼이 빠져 있기도 했다. 대체로 사랑을 고백하고 사랑을 고백 받는 장면들이었다. 어느 날인가 복자는 한 남자애랑 연애를 해봤다고 내게 털어놓았다. 사실은 손을 잡기도 했다고. 나는 거기까지 듣다가 "그런 건 프라이버시야" 하고 더 알기를 거부했다.

　"그건 너만 간직하도록 해."

　그러자 복자는 무안했는지 내게도 비밀을 하나 꺼내놓으라고 했다. 나는 이미 할망당에서 내 생애 가장 큰 비밀을 말한 셈이었지만 좀 기다려보라고만 했다.

　이선 고모는 항상 우리에게 따뜻하게 대해주었다. 몇 시간이고 죽치고 앉아 있는 애들을 상대하고 때가 되면 간식도 챙겨주자면 귀찮았을 텐데도 그런 내색은 하지 않았다. 고모는 우리를 마치 휴게점에 놓인 예쁜 뿔소라 장식이나 종종 빈 화병을 채우기 위해 꺾어오는 들꽃처럼 여겼다. 당연히 거기에 있어야 하는 것처럼, 당연히 자리가 마련되어 있는 것처럼. 그것이 얼마나 소중한 보듬음이었는지 나는 이후에도 자주 생각했다.

그래도 공짜는 없어서, 우리는 거기 죽치고 있는 값으로 노래를 불러야 했다. 나는 겨우 동요나 좀 부르며 버텼고 대개는 복자가 노래를 불렀다. 당연히 동물원의 노래였다. '흐린 가을 하늘에 편지를 써' 하는 클라이맥스를 와락와락 악을 쓰며 불렀다.

휴게점에서는 유독 계절 변화가 또렷하게 느껴졌다. 아마도 방파제가 바라다보였기 때문일 것이다. 삼랑호에서 내리는 관광객들이 눈에 띄게 줄어들자 복자가 이제 여름이 끝나고 있다고 말했다. 고모는 가을도 되기 전에 겨울 걱정을 했다. 고고리섬의 겨울은 서울 추위를 능가한다고 했다. 기온은 높아도 바람이 문제라고. 이 평지 섬에 북동풍, 제주에서는 높하니보름으로 불리는 겨울바람을 막아줄 것은 없으니까. 휴게점에 앉아 바다를 바라보면 확실히 물 색이 짙고 파도가 더 거세게 치는 듯했다. 포말이 방파제에 부딪쳐 마치 폭죽처럼 화려하게 부서지곤 했다. 그 무렵 고모가 이규정에게 차마 보내지 못한 편지를 손에 넣은 나는 그걸 여러 날 읽고 나서 거기에 담긴 비극과 슬픔과 그리움과 애정을 복자에게 읽어주었다. 그림 한 컷도 없고 로맨틱한 데이트의 추억이나 열렬한 고백은 없는 편지였는데도 너무나 뜨겁게 느껴졌다. 너무 뜨거워서 늦여름의 시계를 다시 돌려 계절을 바꾸어놓을 것처럼. 우리는 고모가 그 친구를 사랑한다는 것을 단박에 알아차렸다.

"근데 이거 비밀 아니야? 날 왜 보여줘?"

복자는 그렇게 물었다.

"내 비밀을 내놓으라며."

그러자 복자는 곰곰이 생각하더니 참 사랑이 서럽다, 하고 결론을 내렸다. 그리고 우리는 여기에 대해서는 절대 아무에게도 말하지 않기로 약속했다.

이선 고모가 허락한 만화책들을 거의 다 읽어치웠을 때쯤 마을 공사가 시작되었다. 섬사람들은 집에 하자가 있으면 어떻게든 버텼다가 가을에 인부를 함께 사서 공사를 벌였다. 목수도 사고 전기기술자도 사고 도배장이와 배관공도 샀다. 그렇게 해서 예닐곱 명이 들어와 겨울이 오기 직전까지 주택들을 고치는 것이었다. 어느 일요일, 집에서 늦잠을 자고 있는데 밖이 소란스럽더니 안면이 있는 아주망 둘이 찾아와 고모와 실랑이를 벌였다.

"이레 와보라, 골을 말 싯저."

할말 있으니 나와보라는 건 동네 이웃들이었고 "애가 잔다니까요. 제가 적당한 때 물어볼게요" 말리는 건 고모였다. 뭣 때문에 저럴까, 내가 뭘 잘못했나 겁이 나서 계속 자는 척을 했다. 나중에 일어나 점심을 먹는데도 고모는 별말을 하지 않더니 이선 고모를 만나고 오겠다며 외출해서는 오후 내내 돌아오지 않았다. 나는 술을 마시나? 생각했다. 둘은 좋은 술친구였으니까.

저녁이 되자 하늘에는 짙은 구름이 깔렸다. 옥상에서 보니 오징어잡이 배들이 항구 가까이 정박해 있었다. 비가 올 모양이었다. 그리고 얼마 지나지 않아 복자가 제순이를 데리고 나를 찾아왔다. 번개를 무서워하는 제순이는 신기하게도 비가 오는 날이면 아주 예민해졌다. 이리저리 겅중겅중 뛰며 목줄을 풀려고 하고 낑낑거려서 할 수 없이 데리고 외출한 것이었다. 복자는 어른들이 와서 이선 고모네 집에 임공이 자주 오느냐고 물으면 본 적 없다 말하라고 시켰다. 마을에서는 그렇게 기술자들 성에 '공'을 붙여서 불렀다.

"그거 거짓말이잖아? 왜 그래야 해?"

배관 일을 하던 임공은 곱슬곱슬한 머리가 귀밑까지 내려오고 얼굴이 갸름했다. 그리고 휴게점을 자주 찾았다. 이선 고모와 복자 그리고 내가 각자 일에 열중하고 있는 편안한 분위기가 방해받는 듯해 은근히 거슬릴 정도로. 핫도그를 왜 저렇게 자주 먹나. 인천에서 왔다는데 거기에는 핫도그가 없나. 임공은 한번 오면 먹을 것만 사가지 않고 가게의 눈에 띄는 문제들을 고쳐주곤 했다. 소금기가 달라붙어서 잘 열리지 않는 철제문에 니스 칠을 했고 잠금장치가 고장나서 이러다 간밤에 누가 핫도그 반죽을 다 털어가면 어쩌나 싶었던 창문도 고쳐 달고. 가장 놀라운 건 화장실이었다. 휴게점에는 외부 화장실이 딸려 있었지만 거의 방치되어 있어서 고모는 불편해도 자기 집까지 가서 일을 보고 손님들에게는 화장실이 없다고 안내해왔다. 그런데 그걸 고쳐주겠다고 나선 것이었다. 이선 고모가 됐다고, 그렇게 해도 드릴 돈도 없다고 거절했다. 그건 고치는 수준이 아니라 짓는 셈이었으니까. 하지만 임공은 폐자재며 잡풀이 가득한 거기를 들어갔다 나오더니 "수도는 돼 있네요" 했다.

"이 주면 되겠네요."

그리고 틈틈이 와서 화장실 공사를 했다. 나는 그렇게 해머로 깨고 드릴을 돌리는 소리가 영 듣기가 싫은데 고모의 표정은 밝아졌다. 전기공사를 마친 집들이 하나씩 늘며 점점 환해지던 마을의 밤 풍경처럼.

복자는 내게 절대 휴게점에 임공이 자주 왔다고 말해서는 안 된다고 일렀다. 특히 지난 일요일에 거기서 아침밥을 먹고 있었다고는.

"그래줄 거지?"

나는 고개를 끄덕였다. 그러자 복자는 안심한 듯이 휴, 하고 가슴을 쓸어내리고는 다시 제순이를 데리고 자기 집으로 돌아갔다. 그리고 그날 밤에 폭우가 쏟아졌다. 복자 때문에 듣기 시작한 라디오에서는 청취자 노래 실력 뽐내기 코너가 진행중이었는데, 노래가 자꾸 끊겼다가 이어졌다가 했다. 감미로운 사랑 노래였지만 내 마음은 창에 부딪치는 폭우만큼이나 이리저리 거세게 방향이 바뀌었다. 복자가 말한 그날 아침 나는 임공과 이선 고모가 함께 앉아서 뭐에 쓰려는지 마늘을 다듬고 있는 것을 봤으니까. 나는 내가 본 것을 보지 않았다고 하고 싶지 않다고 생각했다. 거기에는 딱히 거짓말을 하고 싶지 않다는 거부감 이외에도 어떤 적의가 있었다. 책상 서랍 안에서 무언가를 찾다가 잘 안 되면 다 쏟아부어서 엉망으로 만들어버리고 싶은 마음 같은 것. 자주 상처받고 여러 번 실망한 아이가 쉽게 선택하는 타인에 대한 악의. 그게 뭘 뜻하는지도 모르지만 내 한마디로 그 어른 남자가 겪게 될 곤란에 대한 분명한 만족감. 평소에도 그가 나타나면 뭔가가 깨지는 듯한 기분이 들었으므로 나는 거짓말을 해서까지 그를 변호해주고 싶지 않았다. 그러니까 나는 이 일로 곤란을 겪게 될 사람은 그일 뿐이라고 오판했던 것이다.

그때 내가 섬이 점점 정비되어간다고 느꼈던 것과는 다르게 실제 공사는 기일이 늦춰지고 있었다. 곧 가을 태풍도 오고 금세 겨울이 올 텐데, 하며 주민들은 마음이 다급해졌다. 인부들은 인부들대로 공사비를 더 받을 생각에 속도를 높이지 않아서 주민들과 수시로 다툼이 일었다. 그러는 가운데 누군가 혜택을 받고 있다는 건 그냥 넘어가지지 않는 일이었다. 나는 결국 어른들의 질문에 본 대로 말해버렸다.

어떻게 보면 그런 일은 어른들 세계에서는 무시로 나타났다가 사라지는 그저 그런 일에 지나지 않을지도 모른다. 더 나쁘고 불쾌한, 시시비비를 가려야 하는 일들도 잦으니까. 고민 끝에 사과하러 갔을 때 이선 고모는 "어떵도 안 해"라며 괜찮다고 했다.

"초롱아, 다 잊어불고 집이 강 숙제나 허라. 경혜도 고모 얼굴은 잊어불지 말고."

"고모, 저는 영초롱이예요."

"기, 닌 영초롱이지. 경헌디 고모는 무사 자꼬 초롱이라고 불럼신고. 지금 내 얼굴을 똑바로 보고 기억허라. 고모는 지금 어떵 안 해여."

　나는 그때 어른들이 자기 얼굴을 들여다볼 줄 모른다고 생각했다. 고모는 지금 누구보다 슬픈 표정인데 뭐가 괜찮다는 말일까. 이제 거의 다 완성이 되어서 문만 새로 달면 되는 화장실에 전처럼 폐합판을 기대 막아두면서. 고모가 좋아하는 만화 속 주인공들처럼 크고 선명한 슬픔 같은 것을 표정에 달고 있으면서. 나는 미안함과 죄책감 속에서 휴게점을 나와 달리면서 집으로 가고 싶다고 생각했다. 하지만 이제 그 집에는 부모가 없었고 영웅도 없었고 내가 익숙하게 쓰던 물건과 풍경과 친구들과 심지어 나 자신마저도 없었다.

　이선 고모를 욕하던 어른들은 공사가 끝나자 그런 일들을 잊어버렸다. 마을 행사에 고모가 나타나면 한켠에 자리를 내주면서 마치 아무 일도 없었던 듯 굴었다. 하지만 정작 그것을 목격한 아이들은 그 일을 잊어버리지 못했다. 마치 어른들의 감정싸움을 대리하듯이 복자와 나의 관계는 끊임없이 나빠졌다. 그것은 우리가 어쩔 수 없이 아이들이었기 때문일 것이다. 우리는 어른들 같은 기만의 기술이 없었고 한 번 받은 상처를 아무렇지 않은 듯 포장하는 기술도 없었다. 잃어버린 친구의 신뢰를 회복할 방법도 알지 못했다. 더이상·이전과 같은 일상은 이어지지 않았다. 몇 걸음만 걸으면 학교 교문인데도 군이 기다렸다가 같이 운동장으로 들어가는 일상, 두 손으로 책을 꼭 쥔 채 그것의 낭만 속으로 하염없이 빠져들어가는 일상, 야, 너 머리카락 다 빠져나왔다 하면서 머리를 묶어주는 일상, 딱히 먹어치울 생각도 없으면서 둘이서 해변에 서서 물고기를 기다리는 일상, 그러니까 우리에게 우리가 있던 일상. 복자는 화가 났고 마치 자기 엄마가 그런 모멸을 겪은 것처럼 원통해했다. 이혼 직전에 자기 엄마가 그런 냉담한 시선 속에 머물다가 섬을 떠났기 때문에 더 상처를 받았을지도 모르지만, 어쩌면 복자도 왜 나를 용서할 수 없는지를 알지 못했을 것이다.

그리고 겨울이 왔다.

하굣길, 말없이 복자 뒤에서 걷는 나에게 복자가 고개를 휙 돌려 이제 정말 자신에게 말을 걸지 말라고 했다.

"왜인지 알아?"

"왜 그런데?"

나는 아주 아프고 슬픈 표정으로 되물었다.

"나 너가 의사 선생님 편지 보여준 거 선생님한테 다 말했으니까."

그렇게 말하고 복자는 의기양양하기는커녕 울 듯한 표정을 지었다. 너무 울고 싶어서 거의 찡그리다시피 한 얼굴이었다.

"언제?"

나는 입안이 바싹 말라 겨우 물었다.

"한 달 넘었어."

나는 내가 편지를 훔쳐봤다는 걸 고모가 이미 알았으면서도 내색하지 않았다는 사실에 놀랐다. 그러고 보니 언젠가부터 우편 아주망은 관사가 아니라 보건소로 들렀고 노트북을 산 고모는 전동타자기를 아예 마루에 내놓았다.

왜 뭔가를 잃어버리면 마음이 아파?

왜 마음이라는 것이 있어서 이렇게 아파?

나는 일기장에 이런 말들을 쓰면서 하루를 마감했다. 그러다 12월에 접어들어서부터는 복자에게 편지를 쓰기로 했다. 처음에는 손으로 쓰려고 했지만 그렇게 해서 고개를 숙이면 눈물이 너무 쉽게 나는 것 같아서 허리를 반듯이 세우고 고모의 전동타자기로 쓰기로 했다. 가장 먼저 자판으로 친 말도 복자에게, 였고 가장 빈번하게 쓴 말도 복자에게, 였다.

복자에게,

복자야 안녕, 오늘 붓글씨 수업은 잘했니? 오늘 너가 벼루를 가져오지 않은 것 같아서 내가 빌려주고 싶었는데 네짝이 빌려주었더라.

복자에게,

복자야 안녕, 성탄절에 요기 해왕선사에서 선물을 준다는데 거기를 갈 생각이 있니? 그런데 왜 절에서 성탄절에 선물을 준다는 것인지 아니? 정말 웃기고 웃긴 농담 같지.

복자야 안녕, 가게 될 중학교는 마음에 드니? 너가 엄마가 있는 제주시에서 중학교를 다니게 되어서 기뻐. 이제 엠비시 공개방송 매일 갈 수 있겠어.

복자야, 안녕?

복자에게,

복자야, 할망이 너가 잘 안 온다고 뭐라 하시더라.

제순이는 이제 눈썹이 없어, 다 지워지고 안 특별해졌어.

복자야,

복자야, 안녕,

복자에게,

복자야, 나는 이제 서울로 갈 것 같아.

그 많은 편지들은 부쳐지지 않고 모두 폐기되었다.

3

"피고인, 돌문어를 왜 훔쳤나요?"

오전 재판의 첫번째 피고인은 활어 전문점에서 돌문어를 훔친 여고생들이었다. 돌문어를 꺼내기 위해 뜰채까지 준비한데다 두 명 이상이 가담했으므로 특수절도죄로 정식재판을 받아야 하지만 학생이라는 점을 감안해 경찰서장이 일종의 재량권을 발휘해 즉결심판으로 넘긴 것이었다. 학생들은 교복을 입고 와서 서 있었고 이미 자필로 반성문을 써서 낸 참이었다.

"돌문어 무엇 때문에 훔쳤냐고요?"

학생들은 서로 눈치를 볼 뿐 대답하지 않았다.

"맛있을 것 같아서."

"잘 안 들리네요."

"맛있을 것 같았습니다."

대기하고 있던 즉결심판 대상자들 사이에서 웃음이 터져 나왔다.

"다른 피고인은요?"

"용기를 보여주려고요."

"용기요?"

"네, 친구들이 용기를 증명하라고 그래서, 제가 순간적으로 잡아보기로 했습니다."

"우발적 범행이 맞나요, 뜰채를 준비하고 서로 공모했죠? 감옥에 가야 합니다. 형법 제331조에서 규정한 특수절도죄 중 제2항의 합동절도에 해당하니까 여기가 아니라 정식 재판정에서 일 년 이상 십 년 이하 징역에 처해집니다. 법정형에 징역형밖에 없으므로 벌금형을 선고할 수도 없습니다."

그러자 둘은 어두운 표정이 되어 서로를 침울하게 바라봤다.

"하지만 이번만은 미성년자이고 미수범임을 감안해 벌금 이십만원을 선고합니다."

"감사합니다."

"감사할 것 없어요. 다음."

"감사합니다."

또다른 학생이 말했다.

"감사하지 말라니까. 준법은 감사나 죄송의 대상이 아니야."

"네?"

"나는 법을 대리할 뿐이고 법은 공동체의 규약일 뿐 감사할 필요도 죄송할 필요도 없어. 그런 건 사람이나 아니면 돌문어한테 하는 거야."

"돌문어요?"

그리고 또다시 비슷비슷한 유형의 경미한 법률 위반자들이었다. 재판을 하다보면 세상의 우산들이 얼마나 많은 문제를 끊임없이 일으키는가를 알게 된다. 자의로 혹은 몰라서, 때론 욕심으로 그것은 주인이 아니라 다른 사람 손에 들려 식당을 떠난다. 그리고 그것을 도저히 받아들일 수 없는 사람들이 신고하면, 방수 발수 가공을 거친 둥근 천장에 길쭉한 손잡이가 달린 도구일 뿐인 우산은 법의 처벌 문제가 된다. 대체로 우산을 잃어버린 이들은 우산의 재산 가치보다는 비를 맞고 귀가할 수밖에 없는 불운을 참을 수 없기에 절도범을 기어코 찾아 처벌하려 한다. 그러면 나는 정황을 듣고 얼마나 고의가 있는가에 따라 참작 사유를 적용해 삼만원, 오만원, 십만원의 과료 또는 벌금을 선고하고, 표정에 먹구름 가득한 피고인이 재판정을 나가면 나는 또다시 우산을 가져오지 않은 자신의 불찰을 타인의 우산으로 해결한 사람들에게 삼만원, 오만원, 십만원의 불운을 띄워 보내는 것이었다.

전단지를 나눠주는 아르바이트를 하다가 고발당한 사람들, 교통 관련 범칙금 처분에 불응한 사람들, 호객 행위자들을 지나 이번에는 음란물 유포에 관한 법률 위반자들 차례였다.

이렇게 판결을 연속해서 하다보면 피고인들의 얼굴을 보지 않게 되었다. 고개를 숙이거나 해서 보지 않는다기보다는 고개를 들고 있는데도 그 얼굴을 인식하지 않는 것이었다. 법정에서 그와 나는 어느덧 증발하고 처리와 선고만 남은 듯한 느낌이었다.

음란물 유포에 관한 법률을 위반한 두 사람의 즉결심판청구서에는 으레 그렇듯 긴 반성문과 봉사활동 확인서가 첨부되어 있었다. 음란물 유포자들 상당수가 봉사활동 확인서를 제출해서 나는 이들이 만일을 위해 평소에 준비해두는 건 아닌가 의심하고 있었다. 하지만 양형 감경 사유로 참작하지 않을 수 없는 게 문서의 힘이었다. 인정하지 않기 위해서는 문서의 진심을 다투어야 하는데, 법정에서 그것은 불가능할 뿐 아니라 정의에도 어긋난다.

사이트에서 사용한 노콘노섹미남이 피고인 아이디가 맞지요? 어머니 주민번호로 가입하셨고요.

고생하신 어머니 앞에 자랑스러운 아들이 되고 싶다고 하셨고요.

요양원 봉사활동을 하며 인간에 대한 존엄을 항상 생각했군요.

사십여 건의 음란물을 게시했고요. 노콘노섹미남 아이디로 올린 게 '레알대물 여기 있어' '몰입감 쩌는 강력 흥분제' '신음 스타킹' '아가리 섹스' 등입니다. 맞나요?

이쯤 되면 정식재판으로 가야 하는데 왜 즉결심판으로 왔는지 의심스럽네요.

그저 에로물이나 그라비아라고요?

그라비아가 뭡니까? 설명을 해보세요.

죄송은 저한테 말고요.

더 할말 없겠나요?

벌금 이십만원.

마지막 재판은 아파트 청소노동자인 이명자씨가 김정애

씨를 때린 사건이었다. 같이 일하다가 시비가 붙은 상황이고 단지 뺨 한 대였기에 가벼운 벌금으로 될 일이었다. 피해자가 낸 진단서에는 이 주간의 치료를 요한다고 나와 있었다. 하지만 원인 불상의 요통이라서 폭행과 관련 있어 보이지는 않았다. 마지막 재판이었고 어느덧 오전이 다 가고 있었기 때문에 나는 지쳐 있었다.

"피고인은 진술을 하지 아니하거나 개개의 질문에 대해 진술을 거부할 수 있고 이익이 되는 사실을 진술할 수 있습니다. 53년생. 거주지 제주 표선면 표선리, 본인 맞습니까?"

"네, 판사님."

여자는 대답을 하면서 마치 합장을 하듯 손을 모으는 버릇이 있었다. 그 떨리는 몸과 손이 내 자리에서도 보였다.

"폭행 사실 인정하십니까?"

대답이 들려오지 않아서 고개를 들자 이명자는 "재판장님 제가 말을 한마디 해도 될까요?" 하고 물었다. 재판은 하루에 구십여 건이 넘었고 즉심의 경우 제출된 서류만으로 판단하는 재판이기에 피고인들의 말을 일일이 들을 필요는 없었다.

"제출된 이외에 확인해야 할 자료가 있습니까?"

"네, 판사님. 제가 글을 써왔습니다."

많은 피고인들이 편지와 호소문, 반성문을 써와서 법정에서 읽는다. 대체로 그런 것들은 장황하고 길어서 시간적 지체를 유발하고 그러면 즉결심판을 위해 기다리고 있는 많은 사람들이 짜증이 나며 오전 중으로 끝내지 않으면 또한 민원 사유가 되니까 사건과 관련한 직접적인 자료가 아니면 읽지 말라고 하려는데, "제가 교육청 인가 성판악한글학교 16기 졸업생입니다. 청소 일 다니면서 이 년을 배우고 올 2월에 졸업했는데 이런 억울한 일을 고하라고 그간 공부를 하였나봐요"라고 말해서 그럴 수가 없었다. 편지는 판사님께, 라고 시작했다. 자기가 아파트 청소노동자로 열심히 일했으며 아파트 주민은 물론이고 동료들과 조장에게도 '으뜸 사원'으로 인정을 받고 있다고 소개했다. 싸움의 발단은 맞은 사람인 조장이 조원들에게 방판 화장품을 강매했기 때문이라고 했다.

"저희는 식사 시간에 밥 먹는 위치까지 정해져 있고 잠깐 드러누워 휴식할 때에도 신참은 발을 뻗을 수가 없습니다. 규칙이 그렇기 때문입니다."

청소노동자들 사이에서 조장의 입김이란 절대 무시할 수 없는 것이었다. 동료들은 하는 수 없이 자기 일당보다도 비싼 한방화장품을 몇 세트씩 사곤 했다. 자기가 쓴다고 한 세트, 선물하겠다며 한 세트.

"저는 평생 그렇게 비싼 화장품을 사본 적이 없습니다. 그저 콜드크림 하나 바르면 되는 사람입니다. 그런 저에게 여자 조장님은 그러니 남편이 버렸지, 얼굴이 숭하다며 모욕을 주었습니다. 저는 남편에게 버림받아서 제주로 오지 않았습니다. 일자리가 많다고 들어서 왔을 뿐입니다. 판사님, 저를 벌주지 마시고 여자 조장님을 벌주셔야 해요. 팀장 생일이다, 관리소장 아들이 장가간다 돈도 자주 걷었습니다. 이만원도 주고 삼만원도 주어야 했습니다. 하지만 그 돈이 정말 선물로 옳게 쓰였는지는 알 수가 없습니다."

"네, 피고인 그만하세요. 편지는 제게 넘기시고 더이상 읽지는 않아도 됩니다."

나는 손으로 이마를 짚으며 그렇게 말했다. 서울에서와 달리 분노보다는 피로와 슬픔이 몰려왔다.

법대생이 된 후 법을 처음으로 실감한 때는 다름 아닌 법원 실무수습 시간이었다. 판사나 변호사나 다른 누구를 만날 때가 아니라 거기에 죄인이 있을 때, 비로소 내가 상대해야 할 존재들에 대해서 체감하게 되었다. 죄인은 그저 피고인이라는 이름을 단 채 조용히 재판정에 있다가 절차에 따라 죄를 선고받고 사라지는 이가 아니라, 화를 내고 울고 분노하며 반항하고 거부하는 존재들이었다. 가장 격렬하게 법을 거부하는 존재가 있다면 그건 다름 아닌 피고인이었다. 법의 엄정함과 위력, 잔인함을 목도하는 것도 그들을 통해서였다. 법정에서 선고된 형량을 받아들이지 못해 난동을 부리는 피고인과, 그가 포승줄에 묶여 나갈 때 울부짖는 그의 가족들을 처음 보고 난 뒤 동기생 친구는 화장실로 달려가 속을 게워내기도 했다. 그 친구의 등을 두드리면서 나는 법률문장론 교수에게 들은 말을 해주었다. '법을 다루는 사람들은 메스를 든 의사와 같다'는 말이었다. 의사들에게 인체를 찢는 용기가 필요한 것처럼 우리 역시 타인의 삶을 찢고 들어가는 용기가 필요하다. 하지만 타인의 삶 속으로 들어가야 하는 자가 필연적으로 짊어지게 되는 무게와 끊임없이 유동하는 내면의 갈등과 번민은 아무리 시간이 지나도 익숙해지지 않았다.

"피고인,"

"네, 판사님."

"왜 여자 조장님이라고 부릅니까?"

내가 묻자 이명자는 조금 어리둥절한 표정이었다.

"제가 뭘 잘못했나요? 그래도 조장님은 조장님이죠. 주민들이랑 마찰 있을 때 막아도 주고 겨울에 곰국도 끓여오고요. 제가 화가 나서 그랬어도 있는 공을 없다고 하지는 않습니다."

점심시간이 되어 밥을 먹는데 고넹이돌 얘기가 나왔다. 그때 다금바리 식당에서 만난 대학교수가 그 돌은 섬의 폐기물일 뿐 보존 가치가 있는 자연물로 볼 수 없다는 의견서를 써줬다고 했다. 양선배가 맡은 재판이었다.

"주민들은 배상금을 달라는 건가?"

부장이 물었다.

"일단은 돌을 돌려내라는 요구죠. 후에 배상금 문제로 이어질지 모르겠지만요. 근데 고넹이돌이 주민들 곁에 오랫동안 있었기는 해도 그들의 소유라 할 수 있는가 싶기도 하고요."

"그래서 고민은?"

"고민은,"

양선배는 더운지 긴 머리를 손으로 묶고서 땀을 닦았다. 그러고 보니 자주 들르는 법원 앞 식당에서는 벌써 한라봉 주스를 얼린 셔벗을 팔고 있었다.

"딱히 없는데, 주민들 반응이 좀 신경쓰이지요. 시민단체

들이 개입되어 있는 건가 싶기도 하고 자칫 주민들이 일종
의 마을 운동의 성패를 이런 소송에서의 승리와 배상금 획
득으로만 판단하는 상황이 아닌가 싶기도 하고요. 주거환경
문제나 생태 보호 같은 이슈에 주민들이 관심을 갖는 건 반
갑긴 하지만요."

"그러게요. 그런 개안들 해봤자 소송만 늘고 변호사들은
돈 벌어도 우리 같은 판사들은 눈만 더 축나는 거죠."

합의부의 고형우 판사가 거들었다. 우리는 좀 웃다가 눈
에는 루테인이 필수라더라, 아스타잔틴 성분도 좋은데 크
릴에서 추출한다더라 하는 얘기로 넘어갔다. 그리고 사무
실에는 나오지 않지만 우리 부에 배정되어 있는 한 판사에
대한 걱정으로 넘어갔다. 그가 병가를 낸 건 스트레스성 시
력장애 때문이었다. 우리는 눈에 이상이 생기면 직업을 잃
는 사람들이었다. 일주일에 만 장 가까운 페이퍼를 읽어야
할 때도 있으니까. 이상하게도 법률대리인들은 자신의 신
실함을 그 무지막지한 문서의 양으로 증명했고, 그렇게 벽
돌 같은 재판 서류가 넘어오면 모두 읽지 않고는 재판할 수
없었다. 그리고 되도록 빨리 읽어내야 했다. 사건 처리율은
내부 인트라넷에 공개되었고 우리는 대체로 주어진 과제를
제때에 완료하며 살아온 인생들이니까 그런 처리율에도 스

트레스를 받았다. 식사를 하고 양선배와 나는 근처를 좀 걷기로 했다.

"가능하면 법환포구까지 갈까요? 시간이 되나?"

쌓여 있는 일들을 생각하면 산책은 무리였지만 나는 괜찮다고 했다. 우리는 월드컵경기장을 지나 주택과 상점들의 거리를 통과해 바다 쪽으로 갔다. 어디에 시선을 두어도 유채꽃이 있었다. 유채는 이 섬의 대지와 바위들과 잘 어울리는 꽃이었다. 그 극적인 노란빛에는 분명한 환희가 있었으니까. 선배는 아이 얘기를 많이 했다. 일주일에 한 번 면접교섭권이 있지만 자기도 바쁘고 먼 거리를 오갈 수가 없어 마치 포인트처럼 모아 여름휴가를 같이 보낸다고 했다. 다행히 아이도 제주를 많이 좋아한다고. 우리는 제주의 햇볕이 야트막한 언덕에 만들어내는 아지랑이들을 바라보았다.

"자기는 어려서 제주 어디를 제일 좋아했어?"

사실 그 당시 나는 제주 관광지들을 돌아볼 여유가 슬프게도 없었다. 만장굴 견학을 갔던 날이 생각났는데 나는 그 굴을 다 돌아보지 못하고 나왔다. 나처럼 무서워서 중도포기한 아이로는 그래, 고오세가 있었다. 우리는 만장굴 입구 벤치에 앉아 친구들이 나올 때까지 기다렸다. 그런 우리에게 쏟아지던 어느 봄의 햇살, 서늘한 동굴에서 나와 나무 아래 앉아 있을 때의 노곤함. 나는 고오세가 자꾸 소매로 콧물인지 눈물인지 모를 것을 닦고 있어서 휴지를 건네주었다.

"괜찮주게."

어린 고오세는 그렇게 거절했다. 할 수 없이 나는 거의 손에 쥐여주다시피 했다.

"너 코 다 헐어, 그러면 희동이 아니라 도우너 된다."

〈아기 공룡 둘리〉에 등장하는 희동이가 어린 시절 고오세의 별명이었다.

평일이라 그런지 바닷가는 한적했다. 제주는 내가 살았던 때와는 비교도 되지 않게 관광지화되어 있었다. 그래서 좋은 일이란 음악이 들려오는 것뿐이라고 생각했다. 오래전 인기 가요를 가게 사장 취향대로 틀어버리는 식이라 할지라도 풍경 앞에 섰을 때 으레 음악이 들리는 것이 좋았다.

"선배님, 여기 대정 가면 비행장이 하나 있어요."

"비행장이? 제주공항 말고 또 있어?"

"지금 쓰는 비행장은 아니고 옛날 일본군이 벙커로 썼고 최후의 일전을 위해 확장했던 터인데요."

새로 다니게 된 중학교에서 마음에 드는 건 근처에 그 광활한 비행장이 있다는 점뿐이었다. 애들이 알뜨르, 알뜨르, 라고 해서 뭔가 했더니 산방산 아래 들이라는 뜻이라고 했다. 비행장이라는 말을 들었을 때 나는 귀가 열리는 기분이었다. 그 말은 내가 제주에 오기 전까지 살았던 서울의 방화동 일대를 연상시켰다. 태어나서 그때까지 나는 그 동네를 떠난 적이 없었다. 비행기가 뜨고 내려앉는 장면은 친숙한 풍경이었다. 나는 꼭 알뜨르 비행장에 가보리라 마음먹었다. 알뜨르 비행장에 가면 비행기를 탈 수는 없어도 볼 수는 있을 테니까. 방화동 주변을 지나다보면 얼마든지 그 유선형의 동체를 볼 수 있는 것처럼.

하지만 내 앞에 나타난 그곳은 군데군데 흩어져 있는 콘크리트 덩어리 같은 격납고 건물만 아니라면 팔십만 평 모두 밭이라고 해도 무방할 공간이었다. 주민들이 몰던 트랙터가 저녁을 맞아 쉬고 있었고, 캐낸 채로 버려둔 감자와 무가 흩어져 있었다. 심지어 돌로 둥글게 둘러싼 무덤도 있었다. 그리고 하늘하늘 유채꽃이 흔들리고 있었다. 그저 무연하게, 들판의 끝까지 펼쳐지면서.

"애, 그딘 가지 말라."

내가 기웃거리고 있자니 마을 주민들이 그렇게 주의를 주었다. 사람들이 많이 죽은 장소라고 했다. 제주에는 어디든 그런 죽음에 대한 경계가 있었다. 나는 어느 날 관사에서 저녁식사를 함께하고 일어선 이선 고모가 남은 고기를 싸가라는 말에 "안 돼" 하고 진지하게 정색하던 일이 생각났다.

"밤에 도새기궤기 들엉 댕기민 구신이 먹고 싶엉 따라온다."

그건 농담이 아니라 분명한 실감을 동반한 두려움이었다. 고모는 내게도 절대 밤에 돼지고기를 들고 다니지 말라고 했다. 배고픈 죽은 사람들을 그렇게 깨우지 말라고. 나는 양 선배에게 이 섬의 모든 것들은 여기 사는 사람들에 의해서 늘 현재화된다고 얘기했다. 그러자 선배는 "더 자세히 듣고 싶네" 하고 청했다.

"관계망 밖의 것이 없달까, 사실상 모두가 모든 일의 당사자처럼 보인달까요. 제가 고고리에 살 때 거기 금주법이 있었어요."

"금주법? 그거 박정희 때나 있었잖아. 이판사는 언제까지 거기 살았어?"

"2000년에 올라왔죠. 고고리에서는 그때 관광객들에게도 술을 안 팔고 주민들도 일주일에 한 번만 마실 수 있었어요. 주민들이 자체적으로 그렇게 법을 정했죠."

"그런 건 관습법이라고 해야 하나."

"안 지켰다가 들통나면 마을 사람들끼리 일종의 재판을 열기도 했어요. 선배, 제주 사람들은 무엇보다 자기들 공동체에 대한 자부가 있는 사람들이에요. 고고리섬의 경우 제주 본섬에도 그 존재를 모르는 사람이 있을 만큼 작은 곳이지만 그곳 주민들은 본섬 물고기는 맛이 없어서 못 먹을 지경이라고 은근히 깎아내릴 정도로 자기들 섬을 아끼죠."

나는 한참을 말하다가 내가 왜 이렇게 열심일까 싶어 멈췄다. 법환포구에서 바라보는 강정 바다 쪽에 해군함이 여러 척 정박해 있었다. 바다 안개 속에 있어서 마치 환영 같았고 그래서 약간은 두려운 마음이 들었다.

"그래서 그 사람은 얼마를 받았어요?"

저녁에 연락이 와서 만난 고오세가 물었다.

"삼만원요."

"최소네."

"내게는 최대였고."

내가 삼만원을 선고하자 이명자는 자기는 돈을 낼 수는 없다며 차라리 노역을 하겠다고 했다. 삼만원이면 즉결심판에서 통상 선고하는 가장 적은 돈이라고 했지만 그는 고개를 저었다. 돈은 쓰지 않겠다고 했다. 돈은 안 씁니다, 라고.

"과료를 납부하지 않으면 하루 동안 노역장에서 일하게 됩니다. 마지막으로 하고 싶은 말 없습니까?"

내가 묻자 이명자는 좀 머뭇거리며 "그러면 그게 몇시부터 몇시까지 해야 하는 일인가요? 저는 직장이 있는 사람이라서요" 하고 물었다. 나는 여덟시부터 오후 다섯시까지인 줄 알고 있었지만 대답은 하지 못했다. 담당 경찰관이 설명해주리라고만 알리고 재판을 끝낸 뒤 사무실로 돌아왔다.

고오세는 우리가 있는 이 카페의 커튼처럼 가끔 표정이 흔들리며 내 얘기를 듣고 있었다. 만약 카페 사장이 창문을 닫기 위해 우리 자리로 와서 주의를 끌지 않았다면 나는 인생을 전부 털어놓았을 판이었다. 어떤 사람에게는 말을 끌어내는 알 수 없는 능력이 있다. 우리 중에도 재판 전 화해 조정에 유독 능한 판사들이 있었다. 나는 그런 면에서는 젬병에 가까워서 정작 법정보다 그 화해 조정 시간이 더 괴로웠다.

"그래도 제대로 살고 있는 건 맞죠?"

제대로 살고 있느냐고? 나는 여태껏 받아보지 못한 질문이라 당황했다. 그러고 보니 눈앞의 사람이 잘 살고 있는가를 판단하기만 했을 뿐 그런 질문을 받아본 적은 드물었다. 내가 그렇게 대답하자 고오세는 "영초롱씨에게는 그 일이 아주 중요한가봐요"라고 했다. 무슨 대화를 하든 기승전나판사인데 농담으로 말하자면 약간 판사 예고 비대증이 있는 듯하다고.

"그게 뭔데요?"

"나는 판사다, 하는 생각으로만 사는 것 같다고요. 그러면 힘들잖아요."

나는 판사란 실제 삶에서도 자유롭지 못한 직업이라고 말했다. 흔한 SNS도 드러내놓고 할 수 없고 외부 활동이 잦아진다 싶으면 근무 태도 관찰 대상이 되니까.

"누구나 상대를 그 직업으로만 보지는 않을 텐데. 좀 생각을 다르게 해봐요. 아, 나는 그 얘기가 좀 궁금한데, 왜 답장은 안 한 건지?"

나는 차마 이전 집 주소를 알려줬다고는 말할 수가 없었다. 그 시절에 내가 그렇게 못된 짓을 했다고는 시인하고 싶지 않았다. 근데 그건 곧 고오세에게 좀 잘 보이고 싶다는 뜻인 듯해서 내 마음의 변화가 당황스러웠다. 이십 년 만에 만난 동창에게 잘 보일 일이 뭐가 있을까. 마음 저편에서 홍유가 연애! 하고 외치는 듯했다. 팔 개월! 이라고도. 그건 요즘 홍유가 하고 있는 연애의 평균 지속 기간이었다.

"알잖아요. 내가 잘났다는 건 아닌데 판사는 보통 공부를 잘해야 하잖아요. 그때 공부해서 진학도 해야 했고요."

"아, 공부를 해야 했구나, 중학생 영초롱이가."

"고등학교 가서는 집에 없었고 기숙사 생활을 했는데 고라니가 나올 지경인 외지였고요."

"고라니요?"

"네, 공부하다가 고개 들면 풀숲에서 걔네가 우리를 보면서 안 짜져? 했죠."

"아, 그거 농담인가?"

고오세는 농담이라면 반가운 일이네, 라고 평가했다. 그리고 사실 자기는 내가 알려준 주소를 들고 서울에 갔었다고 말을 꺼냈다. 열번째 편지를 보내고 나서. 나는 알고 있었구나 싶어서 창피해졌다.

"다른 친척을 만나러 왔던 거예요?"

"친척이 있었지만 그 목적 아니었고요. 저 그 비행기표를 사려고 아는 생선 가게에서 심부름까지 했어요."

그러고 나서는 내가 할말이 없는 얘기들이었다. 열다섯살의 고오세는 아무리 편지해도 연락이 없는 친구가 궁금해 서울로 온다. 이미 고모도 임기를 마치고 올라온 후라서 정말 소식을 들을 수가 없었으니까. 혹시 죽은 걸까, 심지어 그 생각도 했다고 한다. 그런 불행한 상상은 소년을 심약하게 만들었고 침울함에 빠뜨렸다. 그래서 도무지 안 되겠다고, 찾아가자고 나선 길이었다. 아파트 주소라 찾는 건 어렵지 않았는데 한나절을 기다려도 집에는 아무도 없었다. 밖으로 나와 친구의 집 창문을 어림하며 소년은 그렇게 건물이 높을 수 있다는 데 멀미를 느꼈고 저런 공중에서 사는 기분이란 어떨지 상상했다. 고오세가 찾아간 그 집은 내 옛집이었다. 태어나서 쭉 살았고 제주에 내려가 있는 동안 경매로 넘어가버린 내 유년의 집. 그러니 아주 거짓말을 한 건 아니지 않은가. 그리고 나는 고오세가 주소를 물었을 때 서울 새집의 주소를 알지도 못했다. 나는 그런 변명을 하려다가 말았다. 너는 정작 네 마음을 좀처럼 얘기하지 않는다, 그런데 사람들은 얘기하지 않으면 네 마음을 전혀 몰라, 충고하던 윤호의 말이 떠올랐다.

"저녁까지 기다리는데 드디어 불이 켜졌고 벨을 눌렀죠."

고오세가 자기 손으로 벨 누르는 시늉을 했을 때 나는 눈을 질끈 감았다. 불청객 취급을 받으며 거기서 쫓겨났을 어린 고오세의 실망이 생생히 상상되었기 때문이다. 내 표정을 읽었는지 고오세가 괜찮았어요, 라는 말부터 했다.

"거기서 좀 우락부락하게 생긴 형이 하나 나오더라고요. 너가 고오세라는 학생이니? 하면서."

"네."

"제주에서 왔고? 물었고요."

"네."

"그래, 여기 살던 이영초롱이라는 아이에게 편지를 열심히 쓰더구나, 하고 형은 알은체를 했어요."

청년은 하는 수 없이 자기가 그 편지들을 뜯어봤다고 했고 고오세는 엉뚱하게도 감사합니다, 라고 인사했다. 하지만 감사할 상황은 아니었다. 물론 고오세는 내가 어떤 상상을 하든 맹세코 그냥 안부를 묻고 그 당시 좋아했던 뮤지션들에 대한 내용을 좀 적고 제주의 소식을 전했을 뿐이었다지만, 그래도 자기 편지가 내가 아니라 청년의 손에, 무슨 운동을 하는지 근육이 상당하고 구레나룻을 곱게 길러 어딘가 좀 호사로운 느낌을 주는 그의 손에 들어갔다는 건 전혀 다른 문제니까. 내게 환영받지 못할 수 있다는 생각은 했어도 그런 상황은 전혀 예상하지 못한 경우였다. 그런데도 순진하게 고오세는 그사이 집주인이 바뀌지 않았을까, 올라오고 나서 피치 못하게 영초롱이가 이사를 간 건 아닐까 생각했다. 그래서 언제 이사오셨어요? 하고 조심스럽게 묻자 청년은 "한 삼 년 됐지"라는 답으로 고오세를 실망시켰다.

그 오래된 아파트의 산책로에는 제법 수풀이 무성하게 자라 있었고 작은 연못도 있었다. 거기서 밤이 깊을 때까지 둘은 대화했다. 연못에서 개구리 소리가 객객객객 들려와 서

올 여름도 별수없는 개구리 세상이구나 싶었다. 청년은 밥은 먹었니? 하더니 괜찮다고 하는데도 바로 보이는 맥줏집에서 치킨을 배달시켰다. 그리고 잘 데는 있냐, 그 친척집은 여기서 가깝냐고 묻더니 단도직입적으로 말해서 걔는 널 안 좋아해, 라고 정곡을 찔렀다. 하필이면 그 말을 다 발라 먹은 치킨 조각을 비닐봉지에 확 던져넣으며 해서 고오세는 기분이 이상했다. 자기 마음이 다 먹고 내버린 닭뼈가 된 기분이었다.

"사람들은 말이다, 맘이 있지? 그러면 절대적으로 반응이라는 것을 해. 그리고 시선에서 벗어나지 않는다. 늘 범위 안에 있어. 그러자면 어떻게 해야 하니? 콘택트, 연결, 접속이 항상 있어야지. 서귀포에서 서울 멀지 않니? 비행기로 한 시간인데 서귀포에서 공항 가려면 제주에서 야 씨 한 시간이 넘게 걸리잖아? 형 잘 알지, 형 여행 많이 해. 형 카사노바, 아니 보헤미안이거든."

청년은 주소를 틀리게 알려준 사실이 모든 걸 말해준다고 했다. 하지만 그런 고오세의 편지가 아예 무가치하지는 않았는데 바로 자기가 읽었고 감동했으며 필요한 경우 자기 애인들에게 인용도 했기 때문이라고 했다. 그래서 자기 연애가 조금은 나아질 수 있었다고. 그러는 동안 청년의 MP3

플레이어에서는 듀스의 〈여름 안에서〉가 계속 흘러나왔다.

고오세는 자기가 뭘 한 건가 싶었다고 했다. 지금 뭔가 인류에 이바지를 하긴 한 건가, 그러니까 기분이 좋아야 하는가, 아니면 왜 남의 편지를 읽고 마음대로 활용까지 했냐고 화를 내야 하는 건가. 판단이 잘 서지 않는 상황에서 고오세는 또 감사합니다, 라고 했다.

"아니야, 내가 고맙지. 먹어, 먹어. 모자라면 또 시키면 되니까 우리 닭 먹고, 서울 닭 먹고 다 잊자, 어?"

그리고 친척집으로 가서 몇 밤 자고 돌아온 이야기. 롯데월드도 가고 남산도 오르고 한강 유람선도 타면서 나머지 날들을 보냈던 여름날. 하지만 이상하게 찬 음식을 많이 먹고 탈 난 것처럼 뱃속 어딘가가 사락사락 아프던 이야기. 이 도시 어딘가에 분명 내가 있고, 자기가 그 멀리서 왔는데도 전혀 만날 수 없다는 사실이 이상해서 어느 골목이든 돌면 내가 있을 듯했던 이야기. 그냥 한 시절의 해프닝으로 끝날 여름과 개구리와 닭뼈의 그 시간은 이상하게 반복되면서 사춘기를 어둡게 만들었다고 했다.

"여름, 개구리, 닭뼈요?"

"네, 그렇게 요약이 되기는 하는데 제가 이런 얘기 하는 거 책임져라 이런 뜻 아니에요. 진짜 아냐. 그냥 풋풋한 시절의 모험담이지 뭐."

"책임을 어떻게 져요? 귀책사유가 안 되죠. 민사라 할지라도 합리적 의심 이외에 고도의 개연성이 있어야 하니까요."

"네?"

"손배소송에서도 그런 감정적 손실은 고도의 개연성으로 입증하기가 어렵죠."

"아 네."

고오세는 판사 에고라고 공중에 써 보이고는 히죽 웃었다. 어린 고오세에게 그날의 서울 밤은 환하고 무성하고 생생하고, 이루지 못한 소망이 불러들인 비릿한 슬픔이 있는 여름으로 기억되었다. 그날 그 주공아파트 단지의 연못에서 들었던 와와 하는 개구리 소리를 울분 속에서 떠올리다보면 어느새 그날의 그 풍부한 감정들은 사라지고, 뜯기고 발린 채 비닐봉지에 툭툭 던져지던 닭뼈 같은 모멸감만 남기도 했다고. 나는 그런 기분을 잘 알았고 그 시절의 나 역시 그랬다고 말하고 싶었다.

"누가 누구에게 뭐라 대답할 수 없는 데는 너무 많은 이유가 있는데 우리는 그것에 대해 다 설명하지는 못하고. 언젠가는 아주 길고 긴 답변서를 써보고 싶네요. 어느 잘나가는 로펌이 제출한 답변서만큼이나 길고 긴 답변을요."

내가 말하자 고오세는 지금 얘기하라고 재촉했고 나는 그
건 너무 긴 얘기예요, 자서전 하나 써야 해, 하고 사양했다.

주차장으로 걸어가면서 고오세는 언제 한번 고고리섬에
서 복자와 함께 만나자고 했다. 그래요, 라고 대답했다. 그
때의 감정들은 고오세의 말처럼 그냥 풋풋한 시절의 모험담
일 수도 있으니까. 일종의 감정 연습을 치렀는지도 모르니
까. 그러다 그렇게 엉켜버렸을지도 모르니까.

"복자가 힘들어요. 같이 꼭 봐요. 우리끼리 정식으로 동
창회 한번 하지 뭐."

나는 무슨 일이냐고 물었다. 그리고 그렇게 알게 된 사실
은 나를 차에 오르지 못하고 한동안 주차장에 서 있게 했다.

"같이 기다려줄까요? 운전할 수 있을 때까지?"

고오세가 물었지만 혼자 있겠다고 했다. 그리고 그렇게
남았을 때야 나는 비로소 이곳으로 돌아온 기분이 들었다.
아무리 마음을 보내도 가닿지 못하던, 아무리 누군가의 마
음을 수신하려고 해도 할 수가 없던, 차마 복자에게 안녕,
이라고 말을 건넬 수 없어 아프던 그 유년의 날들로.

4

진행자 한 직장에서 서른 명에 달하는 간호사가 이태 동안 유산을 했습니다. 그리고 정상 출산한 아이들 열 명 가운데 네 명이나 선천성 심장질환을 앓고 있고요. 이 믿을 수 없는 얘기는 제주의 한 의료원에서 일어난 일입니다. 간호사들은 자신들이 겪은 유산과 기형아 출산의 원인이 근무환경과 관련 있다고 주장하고 있습니다. 그런데 근로복지공단에서는 재해 인정을 않고 있습니다. 피해 간호사들은 행정소송을 낼 예정이라고 하는데요. 오늘은 그 피해자의 이야기를 익명으로 듣겠습니다. 나와 계시죠? 안녕하세요. 영광의료원에서 2012년부터 근무하셨죠?

출연자 네, 내과 병동에서 일했습니다.

진행자 의료원이 임금체불 등 근무환경이 굉장히 열악했다고 들었습니다. 괜찮으셨어요?

출연자 괜찮지 않았죠. 간호사 두 명이 오십 명 넘는 환자를 돌봐야 했거든요. 환자들은 대부분 중증이었고 욕창 환자는 하루 두 번씩 자세를 바꿔줘야 하는데 그 무게 때문에 우리 뼈대가 나갈 지경이었어요.

진행자 임신은 언제 하셨습니까?

출연자 2014년이에요.

진행자 아이는 정상 출산되었습니까?

출연자 유산했습니다. 태어나지 못했어요.

진행자 안타깝습니다. 자, 처음에는 원인이 단순 스트레스인 줄 알았는데 역학조사를 하니까 의료원에서 행해졌던 파우더링 때문이라는 결과가 나왔어요. 파우더링, 생소한데요. 이게 뭡니까?

출연자 약을 빻는 일이에요.

진행자 이 일을 마스크도 없고 환기구도 없는 병동 휴게실에서 작업하셨다고요?

출연자 네.

진행자 약 중에는 미국식품의약국이죠. 에프디에이에서

엑스 등급, 인체와 동물 태아에게 기형을 일으킬 수 있어 임신부와 가임기 여성에게 절대 사용을 금지하는 약품이 17종이나 포함돼 있었습니다. 이런 약을 안전장치 하나 없이 빻으면서 결국 간호사들이 다 마신 셈이 된 거 아닙니까?

출연자 ……네, 그렇습니다.

진행자 이 사실을 밝혀내는 데도 병원의 방해, 만만치 않았다고요.

출연자 네, 자료를 전혀 내놓지 않았습니다.

진행자 그런 식으로 병원을 운영해놓고 진실을 밝히려는 피해자들에게 협조도 하지 않았다고요? 그러면 어떻게 했습니까, 이 조사를?

출연자 일부의 동료들이 건네주었고요. 지금은 그 결과지를 신뢰할 수 없다, 이렇게 해서 산재 인정이 안 되었습니다.

진행자 다윗과 골리앗의 싸움이라서 힘드실 텐데요. 아이까지 잃고 얼마나 괴로울까요.

출연자 ……아이들이 예쁘잖아요, 유채꽃처럼 예쁘잖아요. 그런데 예쁜 아기가 나 같은 엄마한테 안 태어나길 잘했다고 생각해요.

진행자 아니, 왜요?

출연자 저는 자격이 없는 것 같아서, 하지만 이제라도 싸울 겁니다. 그러려고 해요.

인터뷰를 하는 간호사가 복자인지 아닌지는 알 수 없었다. 어느 부분은 복자인 듯했고 어느 부분은 복자가 전혀 아닌 듯했다. 불행의 표피가 너무 단단해서 말이 그 안을 드러낼 수 없을 듯한 부분은 복자의 것이면 안 될 것 같았고, 유채꽃처럼 예쁘잖아요 할 때는 당연히 고고리섬 풍경이 떠오르면서 복자일 듯했다.

며칠 지나 고오세가 전화를 걸어왔다. 우리가 어떤 일로 서먹하게 헤어져 다시는 연락을 하지 않게 되었든 복자는 지금 나를 만나고 싶어한다고 전했다. 고오세를 통해서 그 말을 전해듣고 나자 나는 복자를 만나기가 더 어려워졌다. 어떤 식으로든 실망시킬지 모른다는, 결국 소송에도 아무 도움이 되지 않을 텐데 상처를 주면 어쩌나 하는 두려움이 일었다. 그러자 고오세는 "아이고, 또 판사 에고 작동이네요" 하며 웃었다.

"그건 법에 문외한인 우리도 잘 알아요. 우리는 그냥 초딩 때 앙골아주 이영초롱이를 만나자는 거라고요."

"앙골아주?"

"아, 그건 그쪽 별명이에요."

"내 별명요?"

"응, 뭐 좀 물어봐도 통 대답을 안 해서 우리끼리는 아예 여기 말로 안 가르쳐줘, 라고 불렀죠."

그렇게 해서 다시 찾아간 고고리섬에는 여름이 시작되고 있었다. 제주의 여름은 무엇보다 습도를 통해 알 수 있었다. 집안도 밖도 온통 눅눅했다. 작은 플라스틱 통에 든 습기제거제는 일주일도 안 돼 가득찼으므로 나는 어려서 고모가 그랬던 것처럼 염화칼슘 이십 킬로그램을 자루로 샀다. 홍유는 차라리 제습기를 사라고 했지만 나는 그렇게 해서 세간을 늘리고 싶지 않았다. 마치 여행자처럼 가져온 짐만으로 이 계절을 넘겼으면 했다.

선착장에 내리면 복자가 그전처럼 대합실에 있을 줄 알았는데 그렇지 않았다. 자기네 집에서 밥을 먹자며 저녁을 하고 있다고 마중나온 고오세가 말했다. 가면서 나는 복자가 남편과 별거중이라는 것, 그건 아이를 잃은 일과 연관되어 있다는 얘기를 들었다.

"남편은 뭐하는 사람인데요? 본섬에 있어요?"

"아니, 대학 강사였는데 육지로 나간 모양이더라고요. 같이 가자고 했는데 복자는 그러고 싶지 않다고 여기로 들어왔고."

복자네 마당에는 이름이 흰둥이라는, 일전에 해변에서 마주쳤던 흰 개가 귤나무에 널널하게 묶여 있었다. 여전히 눈썹이 그려져 있었다. 그냥 개에게 눈썹이 있을 뿐인데도 어쩐지 나는 반가운 마음이 들었다. 복자는 긴 파마머리를 한 채 뒤돌아 있다가 고오세가 "왔수다" 하자 돌아보았다. 둥글고 큰 눈, 약간 각진 얼굴형에 반듯한 입술 선을 가진 복자는 우리가 헤어진 오래전과 다르지 않은 얼굴이었다. 하지만 그런데도 왠지 서먹함을 떨칠 수 없어 내가 어색하게 웃자 복자는 고기 집게를 든 채 성큼성큼 다가와 "이영초롱이 왔네?" 하고 손을 내밀어 악수했다.

복자는 숯불에 부시리를 굽는 중이었다. 그러면서 그걸 다 구울 때까지 귤나무 꽃을 보고 있으라고 했다. "귤꽃?" 하고 흰둥이 쪽을 돌아보자 잎은 희고 수술은 노오란 귤꽃이 보였다.

"다음주만 되어도 다 지는 꽃이야. 네가 운이 좋다."

가까이 다가가자 귤껍질을 벗기기 위해 처음 손가락을 과육 안으로 넣었을 때처럼 새콤한 내가 났다. 고오세가 "저번에 고친 문은 괜찮아?" 하고 복자에게 물었다.

"문은 뭐, 바람 때문에 늘 야단이지. 괜찮아."

누군가 스쿠터를 타고 지나는 듯하더니 그대로 꺾어 마당으로 들어왔다. 단발머리를 하고 오른팔에 타투를 한 젊은 여자였다. 스쿠터 소리에 컹컹 짖던 흰둥이는 여자가 내리자 꼬리를 흔들며 반겼다. 복자가 미혜씨, 하고 불렀다.

"복자님 나 늦었어요? 안 늦었죠?"

"늦긴, 우리도 이제 만났는데."

"다행이다. 제가 멕시칸 샐러드 해왔잖아요. 옆집에서 자리를 주셔서 물회도 해왔고요."

"미혜씨 자리물회도 할 줄 알아?"

복자가 반겼고 고오세가 말을 이었다.

"그거 하면 정말 제주 사람인데? 된장으로 했어요, 고추장으로 했어요?"

"당연히 된장이죠. 제피 잎까지 완벽하고요."

미혜씨는 고고리섬 주민이자 섬의 다종다양한 일을 하는 알바생이라고 했다. 바쁠 때 짬뽕집 서빙에서부터 성게, 전복 같은 수산물 손질, 다랑초등학교 방과후 요가 수업, 급한 주민 스쿠터 태워주기 등 말하자면 '깍두기', 전천후 알바라고. 나는 미혜씨가 아주 어려 보이는데 깍두기라는 말을 아는 것이 신기했다. 어린 시절 편을 갈라야 하는 놀이를 할 때 꼭 누군가가 맡던 그 깍두기라는 위치에 대한 말이 잠시 오갔다. 고오세가 늘 그런 담당이었다고도.

"맞아, 그랬죠?"

"아, 부인할 수가 없네요. 정확합니다."

고오세가 동의하자 복자는 "너네 둘 왜 존댓말을 쓰니?" 하고 물었다. 우리 다 다랑초등학교 58회 졸업생이고 누구 끓은 사람도 없는데 왜 그러냐고.

"안 친해지려고 그래."

고오세가 농담처럼, 아니 진담처럼 말했다.

"혹시 여기 오는 게 꺼려지지는 않았어?"

복자가 부시리에 소금을 치면서 내게 물었다.

"너는 판사니까 아무래도 조심해야 할 거잖아."

나는 괜찮다고 말했다가, 다시 말을 바꿔서 "그런 건 신경 쓸 필요가 없어"라고 정정했다. 복자네 집은 그 옛날 할머니랑 살았을 때와 거의 달라지지 않은 것 같았다. 방을 터서 거실을 대신하는 마루를 내고 부엌을 손본 정도였다. 벽에는 어디 해외인지 금빛 사원 앞에서 복자네 할머니가 일행들과 찍은 단체사진이 걸려 있었다. 나는 복자를 도와 상을 펴고 반찬들을 놓다가 사진을 들여다봤다. 어린 시절의 기억에서는 끝내 이해할 수 없도록 사나워 보였던 어른들이 지금은 모두 합장을 한 채 어색하게 카메라를 바라보고 있었다. 나는 그 얼굴들을 하나하나 들여다보다가 "이분이 할망이시지?" 하며 복자네 할머니를 찾아냈다.

"야, 너 역시 요망지다야. 맞아, 작년에 돌아가셨어. 그일 있고 나만 보면 설룬어멍, 하셨는데 마지막에 이 집을 주고 갔어. 삼촌들 어른들 다 난리가 났지. 그래도 눈 하나 깜짝 안 하셨다. 니들이 한 번이라도 여기 내려와 산소라도 돌보겠냐, 하시며 단호했지."

복자는 내가 상상했던 모습과 달랐다. 아니, 복자는 내가 서울에서 문득 복자를 떠올릴 때마다 그런 어른이 되어 있으리라 상상했던 것과 같았다. 나는 내게 어떤 고정된 상이 있고 거기에 맞춰 복자의 현재를 그렸구나 생각했다. 마치 재판정에 나온 이들을 대하듯, 원고와 피고 같은 프레임 속에서 각자의 역할을 해야 하는 이들을 일면적으로 읽듯 복자를 읽으려고 했구나 하고. 이윽고 상이 다 차려지고 우리는 모여 앉았다. 밥을 먹기 전에 복자가 잠깐 기도를 했고 나를 멀뚱히 보며 너는 기도 안 하니? 물었다. 나는 기도하지 않는다고 했다. 더이상 믿지 않는다고.

"왜? 나는 네가 해준 복자 얘기 요즘도 생각하는데."

이야기는 복자가 준비하고 있는 소송으로 흘렀다가, 어디에 청원을 넣거나 거리에서 유인물을 나눠주며 여론을 형성해볼까 한다는 고민으로 넘어갔다가, 관광객이 늘어서 이번

여름에는 잠깐 가게를 빌려 스낵바를 운영해볼까 한다는 이
야기로 옮겨갔다.

"복자님, 메뉴는 정해봤어요?"

미혜씨가 물었다.

"응, 잠깐씩 상상해보는데 일단 커피는 안 돼."

복자는 이미 섬에 커피집이 하나 생겼다고 그 이유를 설
명했다. 정구 언니라는 이웃이 시작했는데, 정구는 여기 초
등학교를 다니는 언니 아들이라고.

"내가 물어봤어. 정구야, 커피집 손님 많니? 그랬더니 누
나, 엄마가 저녁마다 돈을 막 세요, 근데 그러고 나서 눈치
보면서 아 참, 엄마가 동네 사람들한테 장사 잘된다고 말하
지 말랬는데, 요러는 거야."

"좀 나눠 팔아도 괜찮아요, 복자님."

"그래도 싫어. 그거 못 팔아 굶어죽는 거 아니면."

고오세가 끼어들어 이런 순진한 초심자는 자영업의 세계
에서 절대 살아남지 못한다고 한탄했다. 요즘은 회장님도
경비 아저씨도 식후 테이크아웃 커피 한잔이 필수인데 그런
거 안 팔면 스낵바가 되겠냐면서.

"오세야, 알잖아, 나 돌아오고 아직 요주의 상황인 거. 여
태 나랑 서먹한 주민들도 많아. 옛날에 우리 이선 이모한테

그랬던 것처럼."

복자는 나에게 "기억하지? 이선 이모" 하고 확인했다. 이모는 지금 여기 없고 결혼해서 포항에서 산다고 했다.

"아이스크림 어때?"

나는 그 옛날 우리가 이선 고모의 휴게점에서 얻어먹었던 셔벗이 생각나서 물었다.

"그것도 매점에서 팔잖아."

"아니 그런 거 말고 소프트 아이스크림, 기계로 내리는 거."

"기계가 얼마나 할까?"

복자가 휴대전화로 찾아보더니 기계가 생각보다 안 비싸네, 하고 중얼거렸다. 상을 물리자 고오세가 자기네 사무실로 가자고 했다. 건설현장 관리인 사무실은 가서 뭐하냐고 복자가 농담하자 고오세는 그곳 옥상에 자기가 루프 바를 만들었다고 했다. 따라가보니 고오세의 말은 반은 맞고 반은 틀렸는데, 거기에는 대나무 자리를 깐 넓은 평상이 있기는 했지만 조명도 음악도 바도 없었기 때문이었다. 고오세는 그 점이 고고리 루프 바의 특징이라고 했다. 이곳에서 볼 수 있는 가장 멋진 광경은 바로 밤하늘에 있다고. 고오세는 그래도 바는 바이니까 와인을 가져오겠다며 내려가고, 복자

와 나는 거기 누워 한번 보면 잊을 수가 없다는 밤하늘의 진
풍경을 기다렸다. 우우우 하는 소리를 내며 비행기가 자주
지나갔다. 어렸을 때도 이렇게 자주 지나갔나 싶었다.

복자는 제주에 사람이 늘면서 암흑과 정적은 이제 없다시
피 하다고 말했다. 별거중인 남편이 영상을 전공한 사람인
데 오 년 가까이 한라산에 올라가 구름의 변화를 촬영했지
만 무엇보다 저 비행기들의 소음 때문에 번번이 롱테이크에
실패했다고.

"얘기 들었어."

나는 고오세와 미혜씨가 올라오기 전에 말을 해주고 싶
었다.

"들었겠지. 모두가 들었으니까."

복자가 여전히 얼굴을 밤하늘에 마주한 채 답했다.

"우리가 지금 삼십대가 됐잖니. 그런데 인생이 대체 어떻
게 흘러가는지 모르겠어, 그렇지?"

"맞아."

"누구는 그런 말도 한다. 아이를 유산한 나 같은 경우에
는 산재가 인정될 확률이 높다고, 그 돈으로 건강해져서 얼
른 아이 다시 가지라고. 근데 나 있잖아, 다시 건강해진다는
게 뭔지 모르겠어. 다시 그렇게 된다는 게 무슨 말인지⋯⋯

어떻게 내가 다시 그렇게 돼."

그날 밤 나는 복자네 집에서 자면서 복자가 잠든 모습을 지켜보았다. 어떤 그리움이 생겨나는 순간에 불려들어오던 풍경은 언제나 복자와 관련된 것이었다. 그리고 어떤 부끄러움이 생겨날 때 불려들어오던 풍경도 역시 복자와 관련된 것이었다. 하지만 나는 앞으로는 지금 이 방, 싸워야 할 사람들이 있고 그렇게 같이 이겨내야 하는 슬픔이 있고, 그러기 위해 모으는 자료들로 가득찬 이 방과 복자의 새우잠을 기억하게 되리라고 생각했다.

아침이 오기 전 흰둥이가 낑낑거리며 울어서 나는 문을 열고 나갔다. 어스름한 새벽인데 벌써 물질을 나간 해녀들이 테왁을 띄워놓고 작업을 하고 있었다. 깊은 곳에서 올라온 뒤에 내는 긴 숨소리가 들렸다. 나는 어젯밤 겨우 와인한 병을 가져온 고오세가 우리가 누운 평상 옆에 서서 열심히 설명해주던 별과 인공위성 구분법을 떠올렸다. 둘 다 밤하늘에 빛나는 점인 것은 같은데 지켜보면 인공위성은 조금씩 움직인다고.

"별은 불변이구나"라고 한 건 복자였고, 그 느리고 느린 인공위성이 만드는 작은 움직임이야말로 인간의 힘처럼 느껴진다고 말한 건 오세였다. 위대한 건축이란 인간이 위대하다는 가장 위대한 증거라는 어느 건축가 말을 반복해서 믿게 된다고. 저기 인공위성 역시 인간이 우주공간에 지은 건축물이라는 점에서 자기는 그것이 조금씩 어둠을 밀며 움직일 때마다 힘을 얻는다고.

"건설 관리 담당다우셔요."

어디를 들렀다 늦게 합류한 미혜씨가 약간의 야유를 담아서 말했다.

"사대강 광고 카피 같네요. 인간의…… 위대한……"

우리는 난데없이 튀어나온 사대강이라는 말이 웃겨서 웃었다. 그런데 복자가 "아니야, 좋은 말이야"라고 말했다.

"인간의 힘, 나는 그 말이 오늘밤 참 좋다."

그뒤로 종종 복자를 만났다. 복자는 소송을 준비하면서도 내게 어떠한 것도 부탁하지 않았다. 만날 장소도 언제나 나더러 정하라고 했다. 제주는 너가 더 잘 알잖아, 했을 때 복자는 그래서, 라고 해명했다.

"영초롱아, 나는 지금 제주가 아프거든. 어디를 가든 아파서 어디 가자고를 못하겠어. 그러니까 너가 가고 싶은 데를 말하면 내가 시간을 내서 갈게."

처음에 우리는 주로 서귀포의 대형 마트에서 만났다. 거기까지 복자가 장을 보러 왔기 때문이었다. 으레 나를 만나면 반가운 얼굴이었고 내가 애써 그 일의 진행을 물으면 복자가 먼저 너가 상관하지 않아도 괜찮아, 라고 말해서 나는 언제부터인가 복자가 진행하고 있는 소송에 대해 드문드문 잊게 되었다.

그리고 어느 날, 회의가 길어져 약속 시간에 늦은 저녁이었다. 허둥지둥 복자를 만나러 가면서 연락하니 복자는 마트에서 장을 보고 있을 테니 천천히 오라고 했다. 차를 대고 내려서 복자에게 전화를 걸려고 하는데 매장에 있겠거니 싶던 복자가 출입구 옆에 서 있었다. 뭘 그렇게 보는지 손에 든 장바구니가 조금씩 바닥에 닿는 것도 잊은 채. 나는 무슨 일이라도 난 걸까 하고 복자의 시선을 따라 눈을 돌렸는데 거기에는 푸드 코트가 있었고 그 안에 작은 어린이 세면대가 있었다. 아이들이 간편하게 손을 씻을 수 있는 낮은 높이에, 물을 틀면 고래 모양의 수전에서 물이 솟는. 저녁 시간이라 엄마들이 아이를 데리고 손을 씻기고 있었고 때론 용감하게도 아이가 혼자 와서 대충 손에 물만 묻히고 테이블로 돌아가기도 했다. 그 별것 아닌 풍경, 특별할 것 없는 장면을 복자는 더러는 밝아지고 더러는 완전히 어두워지는, 그런 감정의 변화들을 드러내면서 보고 있었다. 나는 그런

복자를 좀 떨어져서 지켜보다가 다시 주차장으로 돌아가 복
자에게 전화를 걸었다. 전화를 받은 복자가 자기 지금 파스
를 사고 있다며 약국으로 오라고 했다. 그리고 다시 가서 복
자를 만났는데 복자는 나를 보더니 회의 때 무슨 욕 얻어먹
었니? 하고 물었다.

"아니, 왜?"

"왜긴 너 지금 울었잖아. 무슨 일인지 몰라도 다 잊어. 다
른 생각 해. 그러면 지나간다."

그런 복자를 보고 있으면 마음이 온통 물러지는 기분이었
다. 하지만 결국 나는 그것이 힘을 쓰고 싶은 마음이라는 사
실을 알았다.

사촌이 결혼을 해서 오랜만에 서울로 올라가야 할 일이
있었다. 복자는 엄마 집에 가져가라며 전복장을 담가주었
다. 고고리섬 전복 중 상급은 일본으로 수출을 하고 나머지
는 계약을 맺은 백화점으로 나가서 현지에서도 어렵게 구
한 것이라고 했다. 전복장을 받던 날, 우리는 칠성로의 해바
라기분식에서 만났다. 서울로 치면 명동쯤 되는 칠성로는
지금은 완전한 구도심이 되어 있었다. 선생이나 반 아이들
과 제주시로 나왔을 때 들렀던 기억이 어렴풋이 났다. 해바

라기분식에서 아주 매운 순두부찌개를 호호 불어가며 먹었던 것도. 복자가 바지를 사겠다고 해서 거리를 돌다가 못 사고 돌아갔던 것도, 탑동 방파제까지 걸으면 거기에는 음악을 틀어놓고 댄스 연습을 하는 사람들과 맥주를 마시는 밤의 여행객들이 있었던 것도.

복자는 고고리섬을 나온 중학생 때부터 이 동네에 오래 살았다고 했다. 속상한 일이 있으면 혼자 이 방파제까지 와서 저편의 어선과 비행기들을 보며 마음을 견뎠다고. 복자의 엄마가 복자에게 그리 친절하지 않았으리라는 것은 예상할 수 있었다. 우리는 언젠가부터 어른이란 사실 자기 무게도 견디기가 어려워 곧잘 무너져내리고 마는 존재들이라는 생각을 하게 되었으니까. 1999년 내가 복자를 처음 만났을 때 이미 복자는 그걸 잘 알고 있는 아이처럼 보였다. 그래서 씩씩하고 많이 웃고 더 진취적인 아이도 있는 법이다. 그렇게 해서 세상을 속일 수 있기를 바라는 힘으로 어른이 되는 아이들이.

"그런데 요즘은 그런 생각 한다. 그때 날 위로했던 건 큰 배나 비행기가 아니라 그냥 그것들이 내는 불빛이었을 뿐이라고. 그것만으로도 참 좋았다고. 나 대학 졸업하고 잠깐 서울에 나갔었어."

"그랬어?"

나는 우리가 한동안 같은 도시에 있었다는 사실에 놀랐다. 관계가 계속 이어졌다면 거기서 또다른 추억을 쌓았겠구나 싶은 아쉬움이 마음의 통증을 일으켰다.

"취직했었는데, 이 년 겨우 채우고 돌아왔어. 그때 남편 만난 거고. 서울 있으면서 네 생각 종종 했다. 나는 우리가 한 번은 거리에서 마주칠 줄 알았는데 서울이 넓긴 넓은가 봐. 여기서나 이렇게 볼 수 있다니."

"제주도도 넓어, 서귀포에서 여기까지를 생각해봐."

"맞아, 도시에서 십 분을 가는 것보다 섬에서 십 분을 가는 게 뭐랄까, 시간이 더 오래 걸리는 듯하고 그리고 더,"

"좀 고독하지 않니?"

내가 말하자 복자는 바로 그거야, 하며 검지손가락으로 공중의 어딘가를 짚었다.

서울로 가는 비행기를 타러 가면서는 이상하게 그곳으로 여행을 가는 기분이었다. 이제 봄에서 여름으로 계절이 번졌을 뿐인데 그런 아득함이 있었다. 나를 배웅하며 복자는 전복장을 먹을 때는 전복의 이빨을 조심하라고 당부했다. 엄마에게도 알려주라고. 전복에도 이빨이 있느냐고 하자 당근이지, 하고 그런 것도 모르냐는 듯이 웃었다.

"숨기고 있을 뿐이지."

서울 집에 도착했을 때 엄마는 다음날 입을 옷을 챙기다가 나를 반겼다. 역시 공기 좋은 곳에서 지내다 와서 건강해 보인다고 하고는 나는 너가 거기 가 있는 게 그렇게 미덥더라, 라고 위로인지 아니면 정말 그렇게 생각하는지 모를 말을 했다.

"내가 언제 친구들 우르르 몰고 갈 거야. 이판사 안 바쁠 때."

"혹시 또 선볼 사람 데리고 오는 것 아니지?"

엄마가 종종 그런 방법으로 속여와서 나는 우선 경계했다. 그래도 엄마는 다른 부모들처럼 뚜쟁이들 전화에 응하지는 않았지만 지인들이 보증하는 중매 자리에는 여전히 미련을 가지고 있었다. 그건 어떻게 보면 자기 자신에 대한 믿음이기도 했다. 엄마의 주된 인맥은 성당을 중심으로 연결된 '믿음 있는' 이들이기 때문이었다. 법원에 있으면서 결혼이라는 새로운 관계가 선배나 동기들을 때론 얼마나 잠식해 들어가는지를 봐왔기 때문에 나는 어떤 방식이든 중매에, 아니 결혼 자체에 회의적이었다. 가끔은 그런 중매쟁이를 통해 결혼한 동료가 결국 기업가인 시댁의 간판이 되어 각종 이권에 연루되기도 했다. 시댁뿐 아니라 심지어 결혼을

중개했던 뚜쟁이들도 그를 이용하려 들었다.

"엄마, 요즘도 알로에 팔아? 잘돼?"

"잘 안 팔리지."

엄마는 어떻게든 생계를 스스로 해결하고 싶어했다. 아빠가 있을 때보다, 내가 고시생이었을 때보다 내가 자리를 잡고 나자 더 일에 의욕을 보였다. 공인중개사 자격증 공부를 하기도 했고, 화원 준비반을 등록해 다니기도 했다. 때론 다른 무엇도 아닌 곁에 있는 누군가의 성취가 그를 일으켜세운다는 생각을 했다.

하지만 엄마의 방문판매 실적은 이제 한풀 꺾여 있었다. 엄마들조차도 점점 인맥 마케팅을 통하기보다는 젊은이들처럼 인터넷이나 면세점 같은 데서 물건을 사니까. 그런 데는 유통기한이 얼마 안 남은 제품을 판다거나 샘플을 안 줘서 손해라고 회유하면서 영업을 했는데 언젠가부터는 샘플 공세까지 해서 이길 도리가 없다고 했다. 나는 엄마에게 이 명자씨 이야기를 했다. 엄마는 듣더니 "재판하면서 엄마 생각했겠네" 하며 약간 미안한 듯 웃었다.

"그래, 방판만으로는 안 되니까 그 조장도 청소를 나가겠지. 나는 너가 생활비를 보태니까 낫지만."

"하지만 그런 강매는 노동청에 고발해야 하는 사안이야."

"그렇지, 너무하지. 근데 사람이 때론 그렇게까지 한다. 아등바등을 넘어서 악착같이. 근데 이판사, 엄마는 어디 나가서 이거 팔면서 우리 딸 판사라고 안 해. 이미 알고 있으면 어쩔 수 없지만 절대 말 안 해."

나는 엄마가 내 신분을 밝히는 일에 별다른 생각이 없었지만 엄마가 그렇게 말하자 그건 또 왜 그런지 궁금해졌다. 혹시 무슨 청탁이라도 할까봐 그런가, 딸 월급이 얼마이기에 이런 일을 하냐고 한소리 들을까봐 그런가, 엄마는 엄마 일이 떳떳하지 않은가, 별생각이 오갔는데 엄마는 그냥 아까워서, 라고 얼버무렸다.

"나는 그냥 네 얘기를 아무데서나 하는 게 아까워."

다음날, 결혼식이 끝나고 나는 사촌들과 피로연장으로 갔다. 주례를 세우지 않고 신랑 신부가 동시에 입장하고 엄마들도 한복이 아니라 양장을 입은, 트렌드에 확실히 맞춘 결혼식이었다는 얘기가 나왔다.

"트렌드씩이나?"

우리 중 나이가 제일 많은 큰사촌이 접시 가득 담은 해파리냉채를 우적우적 씹으며 말했다. 그러자 대학생인 막내 사촌이 "요즘 양성평등이라 다들 그래요. 모르셨나봐"라고 했다.

"야, 돈 많은 시댁 고르고 골라 가면서 무슨."

"어마? 오빠 그런 마인드로 대학교수 할 수 있어요? 학생들한테 그러는 건 아니죠? 투서 나가."

막내사촌이 발끈하다가 콜라를 쏟았고 그걸 닦느라 다행히 대화가 끊겼다. 고모를 발견한 건 과일을 집어먹으며 대체 언제 이 자리에서 일어날까 타이밍을 보고 있을 때였다. 누군가 정희 고모네, 라고 해서 돌아보니 거기에 아주 오랫동안 보지 못한 고모가 있었다. 열 살 정도 되었을까 싶은 남자애를 데리고 있었다. 큰사촌이 "쟤가 갠가보구나, 그 남자 쪽 애" 하고 말했다.

어디에 앉아야 하나 조금 황망해하는 고모에게 엄마가 다가갔다. 엄마는 한때 나를 돌봐준 고모에게 고마움이 있었지만 고모는 엄마의 연락을 오랫동안 멀리해왔다. 엄마뿐 아니라 다른 가족들에게도 그랬다. 모두들 고모가 뭘 하며 사는지 정확히 알지 못했다. 그저 대전에서 의사가 아니라 연구소 직원으로 일하며 '정상이 아닌 동거생활'을 하고 있다는 정도였다. 그 말은 백부를 비롯한 숙부들이 고모를 설명할 때 으레 붙는 말이었고 그것이 고모의 삶을 한정해왔다.

엄마는 고모를 우리 테이블로 데리고 왔다. 고모는 동그란 안경을 쓰고 있는 점 이외에는 모습이 크게 바뀌지 않은 것 같았다. 나와 시선을 맞추더니 "우리 이판사" 하고 웃었고 "눈빛이 살아 있네"라며 말을 맺었다.

아무도 아이에게 나이와 이름을 물어보지 않았는데도 아이는 접시를 한 번 채워오더니 자기소개를 시작했다.

"저는 이준욱이에요. 주눅들지 않는 준욱이."

"그래, 배고플 텐데 얼른 먹어라."

엄마가 물잔을 챙겨주며 말했다.

"아줌마, 고맙습니다."

"아줌마 아니고 외숙모지."

"죄송해요, 외숙모, 저는 이준욱이에요."

"그래, 너 누군지 아니까 이제 어른들 대화 끼어들지 말고 식사해, 식사."

큰사촌이 말하자 준욱은 또 한번 죄송해요, 라고 사과했다. 그날 피로연장에 그렇게 오래 앉아 있었던 건 고모와 대화하고 싶었기 때문이었다. 하지만 누군가 인사하고 자리를 떠나면 또다른 친척들로 채워져서 그러기가 쉽지 않았다. 그리고 어느새 거나하게 취한 백부가 우리 테이블로 왔다.

"우리 이판사 제주도 생활은 어떤가."

"괜찮아요, 제주도라고 법관이 다른 일 하는 거 아니니까요."

"그렇지, 영웅이는 왜 안 왔어?"

"영화 일 때문에 시간이 안 나나봐요."

"천하의 백수가 뭐가 바빠? 이 새끼 내가 이 년을 키웠는
데 말이야. 어버이날 꽃 들고 와도 시원치 않은데 연락도 안
받더라."

그러자 엄마가 눈치를 좀 보다가 요즘 애들이 자기 마음
표현하는 데 서툴러서 그런다고, 고마워한다고 변명했다.
하지만 백부의 타깃은 사실 우리가 아니고 고모인 듯했다.
고모가 왜 애까지 딸린 사람 뒤치다꺼리를 하고 있는지, 더
구나 그 남자는 몸도 성치 않다고 들었는데 어떻게 혼인신
고는 하고 둘이 그렇게 살고 있는 건지 모르겠다더니 너가
무슨 마더 테레사냐고 점점 수위를 높였다. 나는 그렇게 아
이의 귀를 염두에 두지 않고 말하는 사람은 질색인지라 아
예 준욱을 데리고 뷔페 밖의 베이커리로 갔다. 케이크를 골
라보라고 했다.

"오늘이 무슨 날이에요?"

"오늘은 결혼식 날이잖아. 그래서 준욱이가 여기에 있는
거고."

"아, 맞다. 제가 이렇게 잘 까먹어요. 머리가 나쁜가. 아
줌마, 아니, 제가 뭐라고 불러야 해요?"

나는 준욱의 말에 잠시 생각했다.

"준욱이는 우리 고모를 뭐라고 부르는데?"

"엄마."

"그러면 아빠랑 엄마랑 셋이서 살아?"

"같이는 안 살아요. 정희 엄마는 위층에 살아."

나는 아이가 고모를 그냥 엄마도 아니고 정희 엄마라고 구분하는 것이 이상했다. 그래서 왜 엄마 앞에 이름을 붙여? 라고 묻자 준욱은 초콜릿 케이크를 고른 다음 다른 엄마도 있어서요, 라고 대답했다.

"눈앞에는 없지만 저기서 기다리고 있대요. 우리 엄마 이름은 이규정이에요."

그날 나는 고모와 준욱을 서울역까지 데려다주었고 역에 도착하자 고모는 이미 끊어둔 KTX 표의 시간을 늦추며 차를 한잔하자고 했다. 대화하고 싶어하는 내 마음을 눈치챈 것 같았다. 고모는 이미 영광의료원에서 일어난 사건에 대해 알고 있었다.

"영초롱이 네가 알듯 내가 문자중독이 있잖니?"

고모는 그렇게 말하며 웃었다.

"당연히 언론에서 봤지, 의료 쪽이니까 더 관심이 갔고. 그런 일들이 일어나면 나는 과학이나 법 같은 것의 엄정함에 늘 회의가 들어. 사실 우리 같은 연구자들은 일종의 '있을 수 있음'병에 걸려 있거든. '있음'이라고 하지 않고 늘 그렇게 여지를 두지. 무한한 책임에서 벗어나기 위해 그러지 않을 수가 없는 거야. 그리고 그 원장이 의협 쪽 무슨 임원이지 않니? 어디 연구소인지 몰라도 그 정도까지 결론을 내준 것도 상당한 직업윤리를 발휘한 셈일 거야. 재판이 시작되더라도 그 이상의 증언을 누가 해줄지 모르겠다."

고모는 내가 일일이 설명하지 않아도 앞으로 복자에게 불리하게 진행될 정황에 대해 이미 알고 있었다. 자기네 연구소에서도 그런 결과지는 언제나 의뢰하는 기업이나 기관의 은근한 압력을 받으면서 작성된다고. 그런데 우스운 건 실험 조건을 변화시키면 결과는 또 조정되니까 그것이 완전한 조작도 아니라고.

"네가 제주로 돌아갔다니, 고모는 그게 참 안 믿긴다. 그런데 왠지 좋고 뭔가 희망적이고 그래. 네가 불행하다고 생각하지 않았는데도 희망적이라는 말이 붙다니 그도 이상하지만 지금 네 얼굴은 분명 그렇게 빛나고 있어. 나는 종종 네가 이룬 성취가 너를 어떤 어른으로 만들지 걱정하곤 했었는데."

"아니에요, 고모. 저는 잘 지내지 못하고 있어요. 사실 거기도 암암리에 징계 차원에서 간 거예요."

"징계?"

고모의 얼굴이 일순 흐려졌다.

"아니, 다른 건 아니고 그냥 욕을 좀 못 참았거든요. 재판을 거칠게 몰았죠."

"욕은 나쁜 건데."

준욱이 끼어들었다.

"나빠. 하지만 하는 수 없었어."

"왜요?"

"그들이 나빴으니까."

"나빠서 내가 나쁘게 하면 안 나빠요?"

나는 준욱의 그 말에는 대답을 못 했다. 고모는 KTX에 오르기 전에 준욱을 가리키며 "내 친구 아들이야"라고 말했다. 그리고 준욱과 내가 나눈 말을 알지 못해서 그런지, 마치 그가 여전히 살아 있는 것처럼, 이규정이라는 친구가 자기 아들을 얼마나 귀하게 키우는지 4단 서랍장 세 개를 사서 준욱이 중학생 때까지 입을 옷을 이미 마련해놓았다고 말했다.

"네, 고모. 그 이름 귀에 익어요. 고모가 편지를 썼던 그 친구죠?"

"그래그래, 기억력이 좋구나. 친구는 거기서 나와서 결혼도 하고 아이도 낳았어. 잘됐지?"

"고모 정말 좋은 일이네요."

"그래, 정말 잘됐어. 나는 언젠가 규정이가 억울함을 풀기를 원했지만 거기까지는 하지 못했지. 그래도 나는 대전이 좋다. 대전에서는 친구랑 좋은 일만 있었으니까."

"고모, 고모 전에는 고고리섬이 좋다고 했잖아요."

"내가?"

"네, 그랬잖아요. 서울 싫다고."

"그때도 좋았어. 영초롱, 혹시 내 도움이 필요하면 연락해. 우리 연구소는 작지만 더 잃을 것 없는 사람들이 모인 단체라 가끔은 아주 용감해지기도 하니까."

이규정과 이정희가 다녔던 대학 캠퍼스를 상상하는 일은 어렵지 않았다. 왜냐면 바로 내가 다닌 학교였기 때문이다. 열람실에서 재판 기록을 보고 나서 든 생각은 내가 이해하기에는 너무 복잡하고 불균질한 감정들이 들어 있다는 것이었다. 교내에서 일어난 추락사고쯤으로 끝날 수 있었던 사건이 전혀 다른 국면으로 뻗어나간 건 그 당시 시국과 관련 있는 것으로 보였다. 92년이었고 4월이었다. 학생회에서 활동했던 그 당시 스물두 살의 고 김민준은 인문관 삼층의 생활도서관에서 투신하였고, 병원에서 치료를 받다 1992년 10월 사망하였다.

　망인은 1990년 대학 입학과 동시에 전대협에 가입해 활동하면서 1991년 이른바 '강경대군 치사사건'이 발생하자 감정이 격해져 평소에 자살하고자 하는 계획을 지인들에게 말하고 다닌바 이에 피고인 이규정은 이 사실을 듣고도 말리지 않고 "열사의 뒷자리는 조직이 책임진다" 같은 말을 서슴없이 하여 망인이 지인들에게 피고인 이규정에 대하여 "두렵다"는 언급을 한 적이 있고 사건이 일어나기 한 달 전 종로에서 모임을 가진 뒤 중국집에서 식사 후 망인이 또다시 자살 의지를 밝혔을 때 "그러면 나도 합류하겠다" "죽기 전에 열사들의 묘지를 참배하자"라는 대답으로 또다시 망인의 죽음을 촉구하는 발언을 한바 같이 있던 공소외 1이 그런 식의 투쟁은 이성적이지 않으며 무엇보다 비윤리적이라고 했을 때 "너는 개량주의자다. 지금 우리 가는 길에 진지한 게 맞느냐"라며 공소외 1과 다툼을 하였다는 증언이 있고 망인의 사건이 있기 전날인 4월 5일 창틀에 서 있는 망인이 지인에 의해 발견되었을 때 공소외 1과 2, 3 모두 내려오라고 만류했으나 피고인 이규정만 뛸 수 있느냐, 정말 할 수 있느냐는 말로 자극하였다. 사건 당일에는 증인 이정희의 증언대로 피고인 이규정은 망인과 단둘이서 대자보 작업을 하기 위해 생활도서관에서 만났으며 그후 망인은 건물에서 뛰어내려 치료를 받던 중 사망하였다.

위와 같은 증거들 및 인정사실에 의하면, 피고인 이규정은 제1심이 인정한 바와 같이 망인이 자살하려는 정을 알고도 방조한 자살방조죄에 해당한다. 기록을 정사하건대, 원심의 이러한 사실인정 및 이에 터 잡은 판단은 모두 옳고 거기에 위법은 없으므로 논지들 역시 이유 없다.

다음 국가보안법 위반에 대하여. 피고인 이규정이 '해방의 불꽃'이라는 단체에 가입하고 제1심 판시와 같은 서적과 유인물들을 소지한 사실을 스스로 인정하고 있고, 그 증거들에 의하면 위 단체는 현정부를 '미일 제국주의 자본의 강도적 약탈과 소수 독점재벌의 무한한 이윤을 보장하기 위한 제국주의 무리와 독점 자본가 놈들의 민중에 대한 파쇼적 억압과 착취의 도구'로서, '파쇼적 악법'과 '권력기구' '수탈적인 조세제도' 등을 통하여 민중에 대한 억압과 수탈을 자행하고 있어 타도하여야 할 대상으로 규정하고, 그 타도의 방법론으로서 노동자, 농민, 도시 소자산가 등 모든 민중의 단결과 무장봉기에 의한 임시혁명정부의 구성을 제시하면서 군대 및 경찰의 해체와 혁명군 창설, 자본 몰수와 국유화를 통한 민중적 민족경제의 수립 등을 이루어 공산주의에 기초한 민주주의 민중공화국을 수립하고 북한과 연방제 통일을 이루려는 것을 조직강령으로 하고 있고, 피고인 이규정이 소지한 유인물 등은 그러한 민중혁명을 명시적, 묵시적으로 선전, 선동하는 내용임을 인정할 수 있는바, 이는 헌법이 전혀 상정하지 아니하는 혁명적 방법으로 대한민국을 전복하여 헌법체계와 양립할 수 없는 공산주의국가의 건설을 지향하는 것이므로, 비록 북한이 대한민국과 함께 국제연합에 동시 가입하였다거나 그사이에 '화해와 불가침 및 교류 협력에 관한 합의서'가 체결, 발효되었다 하더라도 국가보안법이 그 규범력을 상실하였다고 할 수 없으니, 원심의 판단이 옳고 이와 반대의 견해에서 원심 판결을 비난하는 논지 또한 이유 없다.

이상과 같은 이유로 피고인의 상고를 기각한다.

판결문을 읽어보면 정희 고모가 왜 자신의 증언에 심한 자책을 느꼈는지 알 수 있다. 그 사건의 유일한 목격자였기 때문이다. 정희 고모가 생활도서관으로 들어갔을 때 이규정은 마치 정신이 나간 사람처럼 울며 사랑한다는 말을 하고 있었다. 그것은 이규정에게 불리한 증거가 되었다. 사랑해, 는 친구가 투신한 상황에서 정상인이라면 뱉을 수가 없는 말이라고 재판부는 보았다. 그것은 "일반인의 통념을 뛰어넘는 것으로서" 이규정이 불온사상에 상당히 경도된 상태로 김민준의 죽음을 격려하거나 정신적으로 조력한 증거가 되었다. 후에 정희 고모가 자신의 증언을 바꾸기 위해 노력한 정황도 있었다. 재판정에서 자신이 들었다고 한 그 말이 불명확하다고 한 것이었다. 하지만 증언의 번복이 재판 결과를 바꾸지는 못했다. 자신이 그렇게 말했다는 사실을 이규정이 바꾸지 않았기 때문이다. 고모는 위증죄로 고발되어 벌금형을 받았고 이규정은 자살방조죄와 국가보안법 위반으로 징역 팔 년을 선고받았다.

고모는 언제나 편지를 쓰면서 안녕이라고 묻지 않고 건강하니? 하고 물었다. '건강하니'는 의사인 고모다운 질문이었다. B형 독감이 유행이라고 하는데 규정아 건강하니? 지금 일본뇌염이 발생했다고 하는데 규정이 건강하니? 이렇게 풍족한 나라에서도 폐렴은 아직도 무서운 병이고 세균성 폐렴은 젊은 사람들도 피할 수가 없단다. 규정아, 지내기에는 괜찮니? 물론 답장은 한 번도 오지 않았다.

내가 고모와 살던 시절 오지 않았던 답장이 내가 서울로 간 뒤에 왔으리라고는 생각되지 않는다. 고모는 침묵 속에서 기다리다가 이규정이 출소했을 때 그를 찾아갔을 것이었다. 고모가 써두기만 하고 보내지 못한, 복자와 내가 읽은 편지에 그런 다짐이 있었기 때문이었다. 고모는 사실 술친구가 없을 때에도 술을 자주 마셨고 견딜 수 없을 때는 낮에도 쿵쾅쿵쾅 관사로 올라와 보드카를 마시고 내려가곤 했다. 밤이면 그런 괴로운 고모의 마음이 실내가 아주 조용한 가운데 전해지곤 했다. 관사에는 에어컨이 거실에밖에 없어서 우리는 어색하기는 하지만 함께 자야 했는데, 고모가 쳐놓은 모기장으로 들어가 잠을 청하려고 하면 고모 방이 보이면서 책상에 앉아 술을 홀짝대며 전동타자기로 편지를 쓰는 고모가 눈에 들어왔다. 고모의 표정은 어느 때보다 저돌적이고 힘 있게 느껴졌다. 나는 그것이 무언가를 다짐하고 항변하는 사람의 얼굴이라고 생각했다. 그렇다면 고모는 뭘 저렇게 다짐하나, 무엇과 싸우나, 무엇을 위해 저렇게 긴긴 밤 때론 보내지도 못하는 편지를 쓰나. 그러면 사랑, 이라는 단어가 떠올랐다. 고모는 아마도 그 규정이라는 친구를 사랑하는 모양이라고.

고모가 보내지 못하고 내가 몰래 뜯어본 그 편지에는 좀 더 구체적인 사랑의 비전이랄까, 계획이 설명되어 있었다. 이규정은 고모의 면회는 허락하지 않았지만 다른 친구들과는 만나고 있었고, 그들이 고모에게 소식을 전해주는 듯했다. 황달기가 있다는 건 건강에 아주 나쁜 신호야. 내가 보내면 받지 않을 테니까 다른 사람 통해서 영치금을 보내려다가 그만둔다. 그래도 너는 받지 않을 거야. 너는 속지 않겠지, 너는 알아차릴 거야. 그래도 내 편지를 반송하지 않는 것만이 내게 허락된 유일한 행운 같아.

고모는 그 편지를 우편 아주망에게 전해주라며 거실의 작은 다반 위에 놓았다가 다시 돌아와 보내지 말라고 했다. 그리고 책장에 그냥 두었다. 계절이 여러 번 지나도록. 대정읍으로 나 혼자 살림을 나기 전 나는 그 편지를 챙겼다. 일 년을 살았어도 거의 늘어나지 않은 짐을 챙기며 내쫓기는 듯한 기분에 사로잡혀 있던 나는 그것만은 갖고 싶었다. 편지는 아주 오래전 고모가 청주로 면회 갔던 일을 회상하고 있었다. 규정은 고모에게 단 한 번의 답신도 하지 않음으로써 보고 싶지 않다는 뜻을 확실히 했지만 안 가고는 견딜 수 없

는 날들이었다. 서울 정릉에 살고 있었던 고모는 강남고속
버스터미널로 가서 고속버스를 탔다. 청주터미널에서 내려
다시 버스를 타고 교도소까지 갔지만 토요일 오전이면 가능
하다는 면회는 불가했다. 관규 위반으로 조사 수용이 되었
다고 했다. 더 캐묻는 고모에게 창구의 직원은 더는 설명하
지 않았다. 뒤에 서 있던 어느 노인이 싸움이 일어났나보네,
라고만 했다. 그런 경우 더러 있어요. 걱정은 말아요. 그러
고 묻지도 않았는데 노인은 자기 아들은 죄 없이 다른 친구
죄를 뒤집어썼다고 덧붙였다. 그날 돌아오면서 고모는 운이
좋은 걸까 생각했다. 규정이 면회를 거부할 수도 있다고 각
오했는데 그런 밀쳐짐을 확인하지는 않을 수 있었던 건 다
행일까.

　규정아, 교도소에서 한참 걸으니 시장이 나오더라. 그때
는 8월, 가만히 서 있어도 현기증이 날 정도의 폭염이었는
데 그냥 계속계속 걸었어. 선진 교정, 미래를 여는 교정이라
는 교도소 현판을 떠올리며 걸었어. 너무 집요하게 들춰봐
서 이제는 다 닳아버린 듯한 그날의 생활도서관을 떠올렸
어. 나는 이제 그 모든 것이 마치 연극의 무대처럼 느껴져.
데모를 나갔던 광장도, 으레 폭음으로 끝났던 모임의 밤들
도. 그 사이사이에 누군가들의 연애가 시작되고 누구와 누

구가 형제나 자매가 되고 영원을 죽음으로 결의하고. 그런데 그렇게 감정들이 발생하면 이상하게도 우리 내부에 이미 생겨 있던 균열이 느껴지는 듯했어. 너는 개의 구애를 받아들이지 않았어야 했어.

우리 모든 걸 다시 시작하자. 너가 나오면 네 고향인 대전으로 가자. 우리 엄마는 아주 옛날에 죽었으니까 너희 엄마를 우리들 엄마 삼아서 모시고 살면서 너가 좋아했다던 세천유원지도 가고 대성동의 숨두부도 먹고. 나는 돈을 모으고 있어. 벌써 이천만원이 넘었단다. 너가 나올 때쯤에는 더 많이 모아서 대전에 전셋집은 얻을 수 있지 않을까. 우리 그 방의 하나를 서재로 만들자. 너는 아무것도 하지 않아도 괜찮아. 내가 돈을 벌 수 있으니까.

우리의 운동은 숨두부 같아야 하고 세천유원지 같아야 하고 작은 서재가 있는 전셋집 같았어야 했잖아. 이런 얘기를 하면 남자 선배들은 우리를 나약하다고 몰아붙이겠지. 어쩌면 우리는 우리끼리의 말은 찾지 못했는지도 몰라. 언제나 남자 선배들의 다 낡은 코르덴 재킷 따위나 빌려 입은 듯한 기분이었으니까.

조카가 자다가 말고 내 편을 살핀다. 내가 술을 마실 때마다 조카는 좀 두려운 얼굴이 돼. 지금도 나는 술을 못 끊었어. 조카가 이런 나를 보고 닮을까봐 걱정된다. 사람에게는 유전자가 중요하니까 이런 나를 본다고 나처럼 되지는 않겠지. 쟤는 똑똑한 아이야. 아마 우리보다 훨씬 나은 삶을 살 거야.

나는 내 얘기가 나오는 장면에서는 얼굴이 붉어졌다. 편지는 교도소에서 한참 걸어내려온 고모가 한 재래시장에 충동적으로 들어가 생선 매대를 들여다보는 장면으로 끝나고 있었다. 여름이 한창이었다. 생선 가게 주인이 한 팔을 내밀거나, 선풍기 바람이 비닐봉지들을 펄럭일 때마다 매대에 내려앉았던 파리떼가 와하하 일어났다가 다시 내려앉았다. 생선을 토막 내고 오징어를 손질하는 주인을 보고 있으면 마치 그 파리떼가 그의 유일한 아우라 같았다고 고모는 적었다. 오직 그것만이 토막 난 생선처럼 종결되지도 않고 차양 아래 오징어처럼 다 물러지지도 않은 채 생이 계속된다고 증언하는 듯했다. 그 비린 것에 달라붙는 파리떼처럼 칼과 도마와 고무장갑에 내려앉았다가도 공기 중으로 와락 떠오르며 우리도 산다고. 우리가 이렇게 구차하고 끈질기게 기꺼이 산다고.

고모는 그때 왜 그랬는지 고등어 한 손을 샀다고 했다. 들고 오다가 편의점에서 음료수를 사고 받은 봉지에 또 겹겹

이 넣었는데도 비린내는 가시지 않았다고. 나중에는 이러면 냄새가 덜할까 싶어 안둣이 해서 서울로 왔다고. 나는 그걸 정릉까지 가지고 와서 조려 먹었다. 규정아, 네 말대로 무 대신 감자를 넣고. 구우면 고소하지만 조리면 고등어는 맛이 화려해지니까.

서울에는 오세가 올라와 있었다. 월례 보고를 위해 본사로 출근한 것이었다. 우리는 제주로 내려가는 밤 비행기를 함께 타기로 하고 김포공항몰에서 만났다. 제주에는 없는 음식점에 들어가자며 빙빙 돌다가 그런 건 없다는 사실을 깨닫고 그냥 딤섬집으로 들어갔다. 중간중간 전화가 자주 왔고 그때마다 오세는 제주말과 서울말을 적당히 써가며 명랑하게 대화했다. 제주에 내려가서 오세를 찾는 서울 어디의 미술관 관장인 듯한 이에게는 이제 제주행 비행기를 탈 거면서도 방금 서울로 왔다고 거짓말했다. 그럴 때조차도 조금의 머뭇거림 없이 능수능란했다.

"네네, 아유 아쉬워요, 그렇죠, 관장님 오셨으면 제가 잠수를 하고 작살을 쏴서라도 문어를 잡아서 초회를 해드려야하는데. 애기구덕, 네, 애기구덕이랑 테왁, 알겠습니다. 응, 주민들이 쓰던 거. 그러니까 생활사적으로 가치가 있는 것.

주민들 중에 가지고 계실 거예요. 다음에 한번 또 오세요,
네."

그사이 나온 우육면을 먹는데 오세가 아예 휴대전화를 끄
고 맛 좀 봐도 될까요? 하며 내 그릇에 젓가락을 댔다. 저
기, 하고 나는 씹던 고기를 마저 삼키고 오세에게 잘 들으라
는 듯 손짓했다.

"오세님, 그때 그 형한테 뭔가 잘못 배운 거 아닌지?"

"나? 내가 뭐요, 앙골아주?"

"별로 안 친한 사이에 그렇게 스스럼없이 남의 음식을 먹
으면 훅 들어오는 거라고 들었던 건가?"

오세는 국수를 덜어 먹다가 그런가? 하는 상태로 뭔가를
생각했다. 하지만 그렇게 당황하는 표정조차 어딘가 어색했
고 그뒤부터 자기 음식만 얌전히 먹는 모습은 더 부자연스
러웠다.

"그 있잖아, 오래 굶었어?"

"아니, 점심 먹은 지 얼마 안 됐어. 요. 왜?"

"아니, 연애 오래 굶었냐고."

오세는 소룡포를 집어다가 숟가락 위에서 국물을 퍽퍽 터
뜨리며 그런 건 왜 묻냐고 했다. 나는 이제 그럴 때가 되었
다고 했다. 서로의 과거를 공유하며 상대방의 삶의 이력을

점검할 때가.

"에? 그런 기준이 있어? 앙골아주한테는 일상 모든 것에 룰이 있네."

"그럼 넌 없어?"

오세는 음식을 씹으며 생각하더니 원래 사람들은 그런 거 없다고, 그냥 행동하고 그냥 마음 가는 대로 산다고 했다. 누구나 그렇게 일상의 인과관계를 하나하나 따져가며 살지는 않는다고. 식사를 마치고 쇼핑몰을 구경하다가 나는 슬립온을 하나 샀다. 복자 생각이 나서였다.

"발 크기 알아? 안 맞으면 어쩌려고?"

"알아, 그날 복자네 집에서 잘 때 봐뒀어."

"와, 역시 판사는 판사구나. 약간 소름이다."

"그럴 것 없어. 어렸을 때 발 크기가 같았던 생각이 나서, 우리가 비슷하게 자랐나 궁금해서 봤던 거니까."

비행기는 같아도 좌석은 떨어져 있었고 오세도 나도 그걸 어색하게 느끼지는 않았다. 내 자리가 먼저 나왔고 자기 자리로 걸어가다가 오세가 아 맞다, 하며 신문 하나를 던져주고 갔다. 제주의 지역신문이었고 사회란에 고넹이돌에 관한 기사가 실려 있었다. 그동안 부러 신경쓰지 않았는데 고고리섬 주민들이 승소했다고 나와 있었다. 주민들은 운반비가 들더라도 돌을 다시 제자리에 옮길 예정이라고. 비행기가 이륙하자 또다시 이렇게 도시를 떠나는구나 하는 생각이 들었다. 밤의 공중에서 보면 도시는 여름과 겨울의 차이가 없었다. 하지만 어쩐지 지금은 이 도시가 어느 때보다 여름이 창창하다고 내게 말하는 듯했다. 차가운 에어컨 바람이나 얼음을 찾는 승객들 때문은 아닌 것 같았다. 마음이 어떤 때보다도 와글거리기 때문이었다. 많은 기억들이 흔들리고 부유했다. 기억을 되살린다는 건 그렇게 한없이 풍성해지는 일인 듯했다. 통제를 벗어난 많은 것들이 나의 재단을 훼방하고 흐트러뜨려놓는 상태, 그렇다면 그것이야말로 여름을 닮은 시간들이었다. 우리는 제주에 내려 오세의 차를 타고 서귀포로 향했다.

"오세야, 그 형은 어떻게 됐어?"

"형?"

"그래, 내게 보냈지만 나는 받지 못한 그 연애편지를 읽고 열심히 연애했다는 그 형 말이야."

"다시 말하지만 그거 연애편지 아니었다. 건전편지였어. 학업의 고충, 상급학교 진학을 앞둔 진학생의 불안과 고민, 이제 막 알을 깨고 나가야 하는 이들이 겪는 질풍노도의 시간들, 그런 게 담긴 편지였어."

"굉장히 건전하네."

"당연히 건전하지."

"형은 지금 잘 살아?"

"형은 약간 사연이 있었어."

"그랬겠지."

"하지만 지금은 잘 있어. 강화에서 카페를 해. 방앗간을 샀단다."

"방앗간?"

"어, 하필이면 사도 형이 그런 걸 샀어, 색스럽게."

"방앗간이 뭐 어때서?"

"농담의 뜻을 몰라서 그런 말 하는 건 아니지?"

"나는 밤에 한라산 넘는 게 싫더라."

"제주 사람들도 꺼려해. 버려진 마을들이 많으니까."

"내가 만약 모슬중학교 일학년으로 돌아간다면 너에게 방화동 집 주소를 알려주지 않을 거야."

"앙골아주, 정말 그래야 해. 뭐니 내가 그 고생을 하고. 편지 써, 돈 들여서 찾아가, 상심해. 근데 그러면 어떻게 할 건데? 주소를 제대로 올바르게 정식적으로다가 알려줄 마음이 이제는 드니?"

"아니."

"뭐? 이판사님 어이 없네."

"이메일을 쓰라고 할 거야."

"아!"

5

가을로 접어들면서 타지역의 공공의료원 문제가 터졌다. 그러면서 제주의 영광의료원 사태도 주목을 받게 되었다. 홍유도 전화해서 물어볼 정도였다. 나는 홍유가 기사를 써주면 좋겠다는 마음에서 어느 밤 그 길고 긴 이야기를 하게 되었는데 다 듣고 난 홍유가 너무 슬프다, 고 말했다.

"네 목소리가 너무 슬프게 들려. 괜찮니?"

나는 내가 복자의 슬픔과 관련해 위로받아야 한다고는 생각해본 적이 없어서 당황했다. 주간 회의에서는 그 건이 우리 지원으로 배당될지도 모른다는 말이 나왔다.

"그거 큰 사건이잖아요. 지원에서 그런 행정재판을 어떻게 진행해요. 본원이 해야죠."

내가 그렇게 말하자 사실상 나를 빼고는 침묵을 지켰다. 나중에 양선배가 "작은 사건으로 만들려는 거지" 하고 말했다. 나는 엘리사벳의 얼굴이 떠오르면서 대략 그림이 그려졌다. 그리고 그날은 아무 말도 하지 않은 채 재판 자료를 읽는 데 하루를 다 썼다. 점심도 먹으러 나가지 않고 사무실에서 아주 흠뻑 내리는 빗소리를 들으면서 주문을 쓰고 판결문을 고쳤다. 양선배는 나갔다가 원피스가 거의 젖어서 들어와 내게 김밥을 건넸다. 꽁치 한 마리를 통으로 넣은, 요즘 제주에서 가장 '핫한' 음식이라고 했다. 나는 먹을 기운이 있으면 답변서라도 하나 더 읽고 싶었지만 하는 수 없이 소파 테이블로 가서 김밥을 먹었다. 그러면서 자연스럽게 양선배를 바라보게 되었다. 새치가 많은 머리카락을 염색하지 않고 기른 선배의 머리와, 책상에 오래 앉아 있다보면 으레 가지게 되는 구부정한 등과 항상 신는 검은 단화가 눈에 들어왔다.

"선배는 왜 변호사 안 하세요?"

말을 걸자 선배는 이마를 찡그리면서 고개를 들어 나를 봤다. 하지만 그건 감정적 반응이라기보다는 그저 습관 같은 것이었다. 뭔가를 들여다보고 있다가 거기서 나와야 할 때 선배는 으레 그런 표정을 지었다. 대화를 하다가도 다른 대화로 넘어가야 하는 순간이 되면 그랬고 전화를 받다가도 그랬다. 여기서 저기로 넘어가야 하는 작은 변화에도 마음을 쓰는, 어쩌면 양선배는 아주 예민한 사람이 아닐까 싶은 생각이 들었다.

"글쎄, 공무원이 철 밥그릇이라서?"

나는 그 말에 김밥을 입에 넣다 말고 후후 웃었다.

"변호사도 백 세 직업이잖아요. 건강이 허락하지 않아서 그렇지."

"이판사 세대는 어떻게 생각할지 모르겠지만 우리는 포부랄까, 그런 게 있었다. 판사 하면서."

"네, 저희도 있죠. 정의를 실현하고 인권을 지키고."

"아니, 권력자들을 심판하겠다는 의지 말이야. 요즘은 로스쿨에서도 개천에서 용 나기 어렵다지 않아. 개천에서 용이 나야 개천이고 하늘이고 북새통을 만들 텐데. 그런데 이 말도 다 소용없지 뭐. 나 사는 꼴 보면."

"선배가 어떻다고요? 선배 유명하신 거 저 사실 알았어요. 모유 수유하면서 재판을 진행하셨다고."

양선배는 잠깐 웃음을 짓고는 다 한창때 열렬했을 때 이야기라고 했다. 법원의 인식 변화를 이끌어내기 위한 행동이었는데 몇 회 하지 않아 법원장의 명령으로 그만둘 수밖에 없었다고.

"그때 법원장이랑 가슴과 젖의 차이에 대해 얼마나 싸웠는지. 판사가 가슴을 까고 있으면 재판이 엄중하게 이뤄지겠나? 하는 걸, 가슴이 아닙니다, 젖입니다, 한 생명을 책임질 젖이라고요, 했지. 나중에는 재판석에는 임명된 자 이외에는 앉을 수 없다는 제한을 들어 강요하더라고. 모체와 아기는 태어나는 순간 분리일세, 여기에 반하면 아들의 권리능력을 인정치 않는 거야."

양선배가 너무도 고리타분하고 엄중한 말투로 말했고 우리는 같이 웃었다.

"선배, 우리는 어쩌면 판사 에고가 너무 센지도 모르겠어요."

"판사 에고가 뭐지? 판사 에고, 한심하다 이런 건가?"

"아니요, 모든 삶에서 내가 판사다, 라는 에고를 놓지 않는 거래요."

"맞다, 사실 우리 그런 거 있다. 누가 그런 말을 만들었어? 센스 있게."

하지만 양선배는 지금의 자기는 그때와는 비교할 수 없이 모든 걸 놓아버린 기분이라고 했다.

"아니죠. 그 일을 우리가 모두 이야기하고 있으니 선배의 역할이 있었던 거예요."

"그럴까."

나는 선배가 아이 걱정으로 매일을 보낸다는 걸 알고 있었다. 이혼한 뒤 시댁에서 자라고 있는 아이는 남들이 다 가고 싶어하는 국제중학교를 들어갔지만 그것이 걱정을 상쇄해주지는 않았다. 좋은 교육을 받고 좋은 것을 소유하고 있어도 불안한 마음은 지울 수 없다고 했다. 그건 아이가 자라고 있는 환경을 믿지 못한다는 뜻이었다.

선배는 시댁과 전남편을 다시는 떠올리고 싶지 않은, 자기 마음에서 종신형을 언도해 위리안치한 사람들이라고 했다. 양육권 소송에 져서 그런 자들에게 아이를 맡기고 만 것을 패배라고 여기는 듯했다. 선배가 재판연구관이라는 자리에 어렵게 지원해 발령난 뒤 벌어진 일이라 더 그런 것 같았다. 대법원의 재판연구관 자리는 판사들 모두가 가고 싶어하는 자리였다. 십이삼 년 차 경력의 판사들이 대법관을 보좌해 재판을 이론적으로 돕기 때문에 자신의 실력을 검증받고 키울 수 있는 기회였다. 하지만 그만큼 업무 강도가 높았다. 주말은 당연한 듯 반납해야 해서 대다수 여성 판사들은 지원조차 망설였다. 모두들 야망을 가지고 뛰어들었지만 현실적인 이유들로 하나씩 하나씩 포기했고 재판연구관으로 뽑힌 동료들과는 자연스럽게 연락을 끊는 상황도 벌어졌다. 물론 나는 그런 승진 욕구가 없었다. 나는 지금 최악의 판사 리스트에 올라갈까 염려되는 상황이니까.

선배들을 무릎 꺾이게 하는 일이 대단한 신념이 아니라 겨울이면 불려가서 해야 하는 수백 포기의 김장이나, 일거리를 싸들고 가서라도 그 자리에 반드시 있어야 하는 갖가지 집안 행사라는 현실. 선배들은 그래서 우리에게 자신들을 롤 모델로 삼지 말라고 말했다. 사회적으로 그만한 성취를 이룬 선배들이 그렇게 자탄할 때 나도 많은 것에 자신이 없어졌다. 그렇지 않다고, 충분히 훌륭하다고 대답했지만 나 역시 이제 임명받은 후배들에게 같은 충고를 하고 있었다. 나를 본보기로 하면 안 돼, 나보다 더 잘돼야 해.

"저번에 애가 내려왔을 때 내가 차 키를 못 찾았어. 애를 데리고 중문이나 갈까 했는데 아무리 찾아도 없네. 평소에 내가 칠칠치 못하니까, 잃어버렸구나 싶어서 두 시간을 찾았어. 나중에는 안 되겠다, 사람을 불러야겠다 하니까 그제야 걔가 조용히 차 키를 내놓는 거야. 물론 애들이 그럴 수 있지, 이제 중학교 일학년인데 그럴 수 있지. 하지만 그렇게 찾고 자책하고 머리를 쥐어짜면서 생각해내고 있는 나를 두 시간 동안 지켜보고 있었다는 사실이 내내 걸려. 그렇게 누군가 괴로워하는 모습을 아무 말도 하지 않고 모른 체하고 거실 소파에 앉아서 보고 있었다는 점 말이야."

양선배는 이야기 끝에 아이를 데려와 같이 살고 싶다고 속내를 비쳤다. "그럴 수 있을 거예요"라고 내가 대답하자 그 말을 위안으로 듣고는 고맙다고 했다.

그리고 나 말고는 모두가 예상한 대로 '영광의료원 전 간호사가 제기한 요양급여 신청 반려처분 취소소송'은 성산지원에 배당되었다. 행정합의부가 아예 없었던 지원에서는 새롭게 재판부를 꾸릴 준비를 했다. 밖에서 보면 그 변화가 성산지원이 앞으로 주요한 행정재판들을 해나가려 한다는 의지처럼 보였고, 신문에는 일종의 지역발전으로 소개되기도 했다. 그날 밤 다금바리 식당에 있던 사장이 운영하는 신문사였다. 지원의 확장은 판사들의 기를 살리는 측면이 있기는 했지만 나는 의구심을 지울 수가 없었다. 그리고 합의부 배석판사는 당연히 부장이나 선배들로 꾸려질 줄 알았는데 그 목록에 내 이름이 있었다.

처음에는 난감함과 함께 회피 신청을 해야 하나 생각했다. 회피는 스스로 공정한 재판을 기대하기 어려울 때 법관이 해당 사건을 맡지 않는 제도였다. 하지만 첫 합의부 회의를 거친 뒤 마음을 다잡았다. 부장이 꺼낸 첫마디가 "인정이 어렵지 않겠어요?"였으니까. 이미 다른 이들은 당연한 듯 간호사측의 패소를 거론하고 있었다. 나는 스스로의 공정함을 고민해야 할 사람은 내가 아니라고 생각을 굳혔다.

산재 인정은 후에 의료원측의 과실을 묻고 민사소송을 걸 수 있는 발판이었다. 바꿔 말하면 여기서 산재가 인정되는 결과를 의료원은 원하지 않는다는 것이었다. 피고인 근로복지공단의 역학조사기관인 산업안전보건연구원에서는 '근무 환경과 간호사들의 피해 상관성이 미비하다'고 보고하고 있었다. 나는 병원이 조사에 전혀 협조적이지 않았다는 원고들의 주장을 언급했다. 그리고 산보연의 역학조사가 지나치게 의학적 인과관계에만 치중해 믿을 만한 증거로 인정되지 않았던 판례들에 대해서도 부연했다. 비계공으로 일한 공장 노동자의 석면 피해에 대해 입증하면서 '석면 노출력은 인정되나 CT상 석면폐가 인정되지 않는다'고 한 유체이탈적 역학조사 결과는 유명했다.

"이판사, 예단 금지, 알지요?"

내 말을 들은 또다른 배석판사 고형우가 말했다. 고형우는 나보다 네 기수 선배였고 이 재판의 주심이었다.

"의료기록이 내원한 환자의 증상을 가장 객관적으로 기

술하잖아요. 간호사들의 임신 관련 의료기록을 보면 습관성 유산이라고 기술된 진료지도 있고, 근무환경과의 상관성 측면에서 거론되고 있지가 않아요."

"그건 당연히 산부인과 의사들이 내원한 임신부가 의료원에서 어떤 업무를 하고 있는지, 파우더링을 하는지 안 하는지 그런 것들을 모르기 때문이잖아요. 나중에 역학조사를 하고 나서야 사람들이 상관성을 알게 되었고요."

"동조적 판단을 경계해야 합니다."

"그렇지, 행정의 경우 판례 하나가 수많은 행정소송을 불러일으키거든."

부장이 주심의 편을 들었다. 순간 나는 혼자만 서늘한 긴장 속에 갇히는 기분이었다. 회의는 되도록 사건을 빨리 처리하자는 결론을 내리며 끝났다. 그건 또다른 행정재판 때문이었다. 영광의료재단이 제주에 영리병원을 추진하고 있는데, 의료원 문제가 부각돼 영리병원 건설이 좌절되는 일을 우려하고 있다고 했다. 처음 외국인을 대상으로 허가된 영리병원이 그 대상을 내국인으로 넓히려다 벽에 부딪히자 시를 상대로 소송을 낸 것이었다. 모든 것은 그렇게 외부의 정황과 얽히고 있었다. 그러니까 판결의 고유성 없이 이것은 이것 때문에, 이것은 누구의 무엇 때문에 참조되고 반영

되고 끝내는 참작되는.

"저, 다음 회의에서는요, 부장님, 주심 판사님 두 분도 예단 금지해주셨으면 합니다."

내가 그렇게 말하자 부장이 "좀더 구체적으로 설명을 해야지?" 하고 물었다.

"도내 영리병원이랑 간호사 산재랑은 관련이 없지요. 불필요한 정보라고 생각됩니다."

회의가 끝나고 퇴근하려는 나에게 부장은 의료원측에서 제출한 자료의 1차 요약을 주말까지 부탁했다. 박스 두 개에 가득 실려 도착한 자료들을 읽기엔 터무니없이 짧은 시간이었지만 하라면 할 수밖에 없었다.

"중립 재판은 그러겠다는 마음이 아니라 자료에 대한 숙지로부터 가능하다는 것, 기본이 아닌가? 그래야 회의 때 말도 먹혀들 테고."

부장이 퇴근하다 말고 잠깐 사무실 문틈에 서서 그렇게 일렀다. 퇴근할 수 있을까? 나는 시계를 한번 보다가 도시락이라도 사오기로 하고 밖으로 나섰다. 제주의 여름이 바람으로 이루어진다면 제주의 가을은 빛이었다. 단풍나무 위로, 잘 익은 감귤 위로 떨어지며 섬의 톤을 농익게 만드는 빛.

복자의 스낵바가 개점하고 나서도 나는 한 번도 가지 못했다. 복자도 바쁜지 좀처럼 시내로 나오지 못하면서 우리 연락은 자연스럽게 드물어졌다. 어쩌면 복자도 나도 우리 사이에 이 재판이 끼어들지 모른다는 생각을 했는지도 몰랐다. 복자는 이 상황을 반기기보다는 경계했을 것이었다. 그래도 스낵바 이름을 지을 때는 오세를 통해 의견을 물어왔다. 오세는 내가 정하는 대로 따르겠다는 복자의 말을 전했다. 아이스크림 아이디어를 낸 주인공이니까.

후보에는 '고고리 스낵' '참 맛있는 스낵' '바다 스낵' '힐링 스낵'…… '산토리니 스낵'도 있었다. 그건 고고리섬이 한국의 산토리니라는 말을 남긴 외국인이 있었기 때문이었다. 미술관 건설 문제로 섬에 머물렀던 벤이라는 네덜란드 건축가였다. 나는 이름을 두고 일주일을 고민했다. 인터넷으로 가장 힙한 디저트집 목록까지 살펴가며 노력했다. 하지만 가게에 복자의 이름을 붙이는 것 이외에 더 좋은 생각은 결국 하지 못했다. 그렇게 '복자빙과'는 미혜씨와 오세의 엄청난 반대에도 불구하고 간판으로 걸렸다.

나는 한 번도 가지 못한 복자빙과는 오세의 인스타그램에서 볼 수 있었다. '100% 생우유 아이스크림'이라든가 '100% 고고리섬산 보리 스낵'이라는 해시태그와 함께 가게 사진이 올라왔다. 언젠가 이선 고모가 운영했던 휴게점처럼 벽이 소라며 보말이며 전복 껍데기로 장식되어 있어서 놀랐다. 섬 주민들이 내주지 않으면 가능하지 않을 양이었다. 길가에 플라스틱 의자를 두고 파라솔을 펼쳐놓은 풍경이며 보라색으로 칠한 나무 창틀도 같았다. 거기서 복자가 콘 위에 아이스크림을 짜고 있었다. 사진에 찍힌 둥근 머리들은 섬을 찾은 어린아이들일 것이었다. 오세는 드론을 띄워서 찍은 고고리 영상을 올리기도 했다. 그렇게 보면 바다 위에 그 작은 고고리섬이 떠 있는 게 기적처럼 느껴졌다. 연속해서 몰아치는 파도를 견뎌가며 섬은 마치 가지를 뻗듯 선착장과 부두를 만들고 꽃처럼 다채로운 지붕의 집들을 피우고 보리밭과 해바라기밭을 보듬으며 거기에 있었다. 해안의 거친 바위들, 섬의 유일한 공장인 보리 도정공장과 밭둑의 고인돌들까지, 그렇게 위에서 보니 모든 것이 한없이 아름다웠다. 하지만 드론이 점점 내려앉아 지붕의 시점이 되고 잠자리들의 시점이 되고 우리의 눈높이가 되고 갯강구들의 자리까지 내려와 착륙하면 슬픔이 먼지처럼 피어올랐다.

소송의 핵심은 어떤 역학조사 결과를 증거로 채택하는가였다. 피고측 역학조사에는 원고측의 역학조사가 간호사들의 일방적인 주장에 따라 작업 시간과 사용한 약물의 양을 추산했으며, 간호사들의 주장과 달리 실제 파우더링은 제

한적으로 이뤄졌고 안전 도구도 충분히 제공되었다는 의료원의 주장이 그대로 반영되어 있었다. 몇몇 독성 약물은 해당 병동에서는 아예 사용되지 않았다는 약제부 과장의 증언도 다루어졌다. 사실 간호사측 역학조사에도 "선천성 심장질환의 발병 원인과 메커니즘이 의학적, 자연과학적으로 명백히 밝혀지지 않았다"는 말이 있었다. '무한한 여지'를 둔다는 고모 말이 생각나는 대목이었다. 하지만 거기서 말을 끝낸 것이 아니라 그럼에도 "발병과 업무 사이에 상당인과관계가 있다고 넉넉히 추단할 수 있다"는 결론이었다. 같은 일을 두고도 의도와 목적에 따라 증거는 이렇게 '넉넉히' 편집되었다. 나는 중요 쟁점과 관련된 페이지를 플래그로 표시한 뒤 나머지는 되도록 잊으려고 노력했다. 기억에 있어서는 늘 담아두는 것보다 그렇게 효율적으로 지우는 것이 중요했으니까. 머리가 무거워질 때까지 그렇게 읽기에 몰두하다가 퇴근하려는데 깨끗하게 정리된 양선배의 책상이 눈에 들어왔다. 토시까지 반으로 잘 접어 두 개의 모니터 아래 놓아둔 모습이었다. 책 한 권이 겨우 펼쳐질 정도의 공간만 두고 마치 성벽처럼 자료들을 쌓아올린 나와는 달랐다. "나는 내가 롤 모델이 안 됐으면 좋겠어"라는 양선배의 말이 떠올랐다.

집으로 가는데 오세에게서 연락이 왔다. 미혜씨가 헬리콥터에 실려 본섬으로 왔다는 것이었다. 내가 놀라자 오세는 손가락을 다쳤는데 지금은 다 봉합했으니 놀라지는 말라고 했다.

"복자도 같이 나왔는데 너네 집에서 하루 잘 수 있을까? 병원에서 자겠다고 하는데 자리가 불편해서 내가 지금 그렇게 권하고 있어."

나는 괜찮다고 했지만 다시 전화가 오더니 복자가 그냥 근처 찜질방에서 잔다고 가버렸다고 했다. "신세 지고 싶지 않다. 그게 친구다"라고 했다고.

집으로 가다가 나는 복자 생각에 찜질방이 있는 중문 쪽으로 나갔다. 휴가철에는 붐비지만 이렇게 가을만 돼도 중문은 황량하다 싶을 정도로 인적이 드물어졌다. 단체 여행객을 받는 관광호텔들, 식당과 노래방 간판들만 요란할 뿐 관광지로서의 활력을 금세 잃어버렸다. 주차를 하고 탕에서 몸을 씻은 다음 찜질방으로 올라갔다. 복자는 안마의자에 누워 대형 텔레비전에서 나오는 영화를 멍하니 보고 있었다. 나도 그 옆에 누워 키를 대고 기계를 작동시켰다. 복자가 나를 힐끔 보더니 왔구먼, 하고 말했다.

"응, 왔지."

"뭐하러?"

"스파 하러."

그러자 복자가 발치의 의자에 두 다리를 뻗으며 삭신 쑤실 때는 이만한 게 없지, 라고 했다. 미혜씨는 성게를 까다가 손을 다쳤다고 했다. 새벽에 성게를 따면 공판장에 모여서 함께 손질했는데, 칼을 쓰는 일이기 때문에 서툰 사람들에게는 위험했다. 스쿠버다이빙이 좋아 제주에 살게 된 미혜씨는 고고리섬에 정착하면서 해녀가 될 생각을 하고 있었다. 주민들은 싹싹하고 부지런한 미혜씨를 좋아했지만 그렇다고 쉬이 해녀로 인정해주지는 않았다. 지금은 미혜씨를 해녀로 받아들이자는 파와 안 된다는 파가 나뉘어 있다고 했다. 시간이 필요한 일이었다. 온 섬의 마음을 얻어야 하는 일. 섬을 터전으로 먹고산다는 건 그렇게 섬의 모든 것에 허락을 구해야 하는 것이었다. 거친 파도에게, 조업중 만나게 되는 바닷것들에게, 바람에게, 궂은비와 태풍에게.

"그래도 이번에 삿포로 가는 길에 동행한다니 희망은 있어."

"삿포로에?"

"해녀 조합에서 매해 성게 철 끝나면 해외여행을 가는데, 이번에는 삿포로이고 미혜씨도 다행히 끼게 됐어. 좋은 신호지."

"조합 힘이 여전하네?"

"그럼, 백 년 동안 있어온 조합인데. 그 옛날 가격 후려치는 객주랑 일본 상인들에 대항해서 만들었다잖아. 그렇게 서로서로 뭉치지 않으면 안 되나 봐, 언제든."

복자의 얼굴이 어두워져서 나는 마음 한편이 아팠다. 나중에 기각 판결이 나면 내가 애 얼굴을 또 어떻게 볼까. 우리는 미역국과 돈가스를 주문해 먹으면서 오세 이야기를 했다. 미술관 건설 일로 건축가 벤과 그 일행이 고고리섬에 왔을 때 섬에서 미풍양속 논란이 일어났다는 얘기였다. 문제는 조깅 마니아인 건축가와 그 일행이 타이츠만 입고 섬을 뛰기 시작한 데 있었다. 물질을 다녀오던 해녀 아주망들이 건장한 체격의 남자들이 그렇게 온몸을 드러내놓고 뛰자 "바지를 하나 더 입으라게" 하면서도 꽤 흥미진진하게 그 장면을 구경했다고. 시간이 지나자 해녀 아주망들은 "굿모닝, 밥 먹언?" 할 만큼 관대해졌는데 참다못한 이장이 오세에게 찾아와 '헐벗은 채 조깅 금지'를 선언했다고. 그들은 오세가 하는 말을 도저히 이해할 수 없었지만 그래도 주민들이 싫어한다니까 오세가 구해다준 하나도 안 멋진 운동용 반바지를 갖춰 입기 시작했는데, 뛸 때마다 불편해 보였고

해녀 조합장은 이장한테 가서 뭘 그렇게까지 하냐고 핀잔을
줬다고 했다. 나는 깔깔깔 웃으면서 그 장면을 상상했다. 생
각해보면 섬에는 이선 고모에게 날 선 비난을 쏟아내던 주
민들도 있었지만 그 모든 논란에 개의치 않던 이들도 있었
다. 그렇게 갈등은 마치 여름과 가을마다 무섭게 강타하는
태풍처럼 섬을 들쑤셨다가 신기하게도 균형의 평상을 찾아
놓았다.

찜질방에서 노곤하게 잠이 들었다가 새벽에 깼는데 복자
가 일어나서 무슨 상념에 빠져 있었다. 바닥에 깔아놓은 짚
자리를 가만가만 매만지며 오랫동안 무언가에 대해 생각하
는 모습이었다. 그러다 내가 지금 몇시니? 하고 물으니까
여섯시 반, 하고 답했다. 자기는 첫 배로 고고리로 들어가겠
다고.

"배는 뜨니?"

내가 묻자 복자는 전 세계의 파고와 바람 세기를 알려주
는 앱을 눌러보더니 괜찮을 것 같다고 말했다. 그럼 얼른 내
려가자고, 나도 출근해야겠다고 하자 복자는 나더러 먼저
씻으라고 했다.

"어, 어색해?"

"어색하기는 뭐가 어색해. 니 몸이나 내 몸이나 적당히

나이들었겠지. 다만 그냥 흉터를 보여주고 싶지 않아서 그래. 우리 당분간 연락하지 말자. 나중에 무슨 결과 나오면 친구니 뭐니 하는 거 서로 그렇고. 양심에 따라 판사님이 판결하셔야지. 영초롱이는 요망져서 당연히 그러겠지만."

복자가 싫다고 하니까 일단 먼저 내려가 빠르게 씻고 찜질방을 나오니 간밤에 비가 내렸는지 보닛과 유리창에 누군가의 손바닥 같은 단풍잎들이 떨어져 있었다. 와이퍼를 작동하자 물자국을 내면서 옆으로 밀려났다. 그리고 흐린 날 중문의 바다가 보여주는 그 웅장함. 더이상 휴가나 해수욕 같은 인간이 즐길 수 있고 누릴 수 있는 여가의 대상이기를 거부하는 회색 물결들을 보며 달리다가 나는 그 흉터가 무엇을 의미하는지를 뒤늦게 깨달았다. 달이 꽤 차서 아이를 잃은 복자에게는 수술 자국이 남았으리라는 사실을. 나는 차를 세우고 서서 벼랑으로 몰아치는 파도의 포말들을 간신히 바라보았다.

영초롱이에게. 건강하니?

최근 건강보험공단의 발표에 따르면 사 년간 우리나라 불면증 환자가 34퍼센트나 증가했다는구나. 불면증은 무엇보다 일조량과 관련 있는데 확인해보니 마침 또 올해 제주의 일조량이 좋지 않아서 밭작물들의 생육이 부진하고 감귤의 병해충이 자주 발생할 정도라고 하니, 업무 과다에 시달리는 듯 보이는(일주일의 대부분을 자정까지 야근한다니? 그런 격무가 어떻게 가능한지 나는 이해할 수가 없구나) 이영초롱이는 적절한 운동과 바깥 산책 그리고 필요하다면 약물적 처치를 서울에서처럼 받기를 바란다. 아무리 판사라도 다른 모든 시민들이 누리는 의료 시스템마저 이용하지 못한다면 그 또한 평등에 위배되지 않겠니?

너가 문의한 것과 관련해서 자료를 보낸다. 1977년 독일 연방헌법재판소의 판례가 있더구나. 어머니가 임신중 풍진에 걸려 장애를 지니고 태어난 아이에 대해 산재보험 급여 지급을 거부한 사건이었어. 제국보험법상 간호사 어머니의 풍진은 직업병으로 인정되지만 그 보험 적용 범위에 태아는 포함되지 않는다는 논리였지. 자료를 보면 알겠지만 어머니는 승소했다. 임신한 여성 근로자와 태아는 '본성상 단일체natürliche Einheiten'여서 합리적 근거 없이 이를 차별하는 것은 독일기본법의 평등의 원칙에 위배되므로 허용되지 않는다는 결정이었지.

나는 법에 대해서는 잘 몰라. 하지만 이런 얘기는 알고 있다. 어깨가 아픈 여성 재봉노동자는 작업장에서의 노동으로 어깨 통증이 발생했다는 사실을 입증하기가 어렵지만, 이에 비해 남성 건설노동자가 다리 통증을 호소한다면 쉽게 재해 인정이 된다고.

건투를 빈다. 복자와 너는 아주 좋은 친구였어. 어른들 일로 너희 사이가 그렇게 부서지고 만 일이 마음에 걸렸는데 회복의 기회가 주어졌다니, 어디에 비할 수 없는 좋은 소식이구나. 고모에게도 그런 행운이 있었지만 이 년에 불과했어. 규정은 건강이 손쓸 수조차 없이 나빠진 뒤에야 나를 만나주었지. 복자 걱정은 너무 하지 마. 할망을 꼭 닮았으니까. 복자네 할망은 고고리섬에서 본 어떤 사람보다도 강한 해녀였어. 제주 속담에 '속상한 일이 있으면 친정에 가느니 바다로 간다'는 말이 있다. 복자네 할망에게 들었지. 나는 제주, 하면 일하는 여자들의 세상으로 읽힌다. 울고 설운 일이 있는 여자들이 뚜벅뚜벅 걸어들어가는 무한대의 바다가 있는 세상. 그렇게 매번 세상의 시원을 만졌다가 고개를 들고 물밖으로 나와 깊은 숨을 쉬는 사람들이다. 그러니 다 잘되지 않겠니?

준욱이는 너를 만나고 나서 판사가 되겠다고 꿈을 바꿨고 그 이유를 묻자 멋있어서, 라고 하는구나. 나는 그보다

네가 준욱이의 농담에 웃어주는 몇 안 되는 어른이기 때문이 아닐까 싶지만. 다분히 안녕을 빈다.

고모가

추신

나는 그날부로 서울 가족들과는 인연을 끊기로 했다. 자신의 무례와 무지에 그렇게 무감한 인간들과는 반백년 부대낀 걸로 되지 않았겠니. 우리는 우리끼리 만나자.

나는 고모가 보내준 자료들을 다운받아서 번역이 필요한 부분과 자료 요청이 필요한 부분을 정리해두었다. 상황은 내 의견대로 흐르고 있지 않았다. 어쩌면 내가 가장 우려한 함정에 빠지고 있는지도 몰랐다. 모체의 뱃속에 있는 태아에게는 권리능력이 없으므로 애초에 요양급여 수급 대상이 되지 않는다는 것이었다. 지금까지의 논의 자체를 무력화시킬 수 있는 논리였다.

그렇다면 우리는 이 재판에서 다루어야 할 간호사들의 피해, 아이들에 대한 사회적 책임, 노동자 개인의 건강권, 노동권, 사회보장 시스템 등등의 논의는 해볼 필요조차 없었다. 언젠가 내가 판결이란 선악의 분별이 아니라 그저 제도적 분리에 불과하다고 했던 말이 아프게 떠올랐다.

홍유도 기사를 썼지만 실리지는 못했다. 회사에서는 다른 시국 사건들로 지면이 줄었다고 말한다지만 어디서 손을 썼는지도 모를 일이라고 화를 냈다. 이런 기레기 신세 언제 면하냐고 홍유는 한탄했다. 요즘 기자들 사이에서는 '기렉시트' 성공 요령이 대유행이라고도 전했다. 기렉시트는 영국의 유럽연합 탈퇴를 가리키는 '브렉시트'에 기자 생활로부터의 탈출을 빗댄 말이었다.

내가 퇴근할 때까지 양선배는 판결 자료들을 읽고 있었다.

"저 갈게요, 선배."

"응, 잘 가고, 쉬어. 힘들진 않고?"

나는 사실은 그렇다는 의미로 좀 웃어 보였다.

"그거 알아? 근데 요즘 이판사 어느 때보다 건강해 보이는 거?"

"제가요?"

"확실히 그래, 활력 있어 보이고. 고판사와는 어때?"

"별로, 별로예요."

내가 솔직히 말하자 양선배가 그 말이 재밌는지 '별로'라고 따라 했다. 그리고 그 친구도 처음에는 그렇지 않았는데,

하더니 하기는 처음과 같은 사람이 어딨겠어, 라며 말을 마쳤다. 나는 주차장에 있는 오세의 차를 보고 나서야 약속이 있었다는 사실을 깨달았다. 깜짝 놀라서 왜 연락하지 않았느냐고 하자 겨우 한 시간 기다렸을 뿐인걸 뭐, 라고 답했다. 사무실 불이 켜져 있어서 남은 일을 하는구나 했지.

우리는 각자 차를 몰고 저녁을 먹으러 갔다. 서귀포시에서 가장 고급스러운 음식을 사주겠다고 하더니 호텔 레스토랑으로 향했다. 제주를 사랑한 재일동포 건축가가 지었다는 그 호텔은 건물 자체가 포도송이 모양이었고 모두 단층이었다. 이만한 부지라면 대형으로 지어서 수익을 높일 만도 한데 객실 수는 스물여섯 개라고 했다. 내가 어떻게 그렇게 잘 아느냐고 묻자 오세는 호텔 자체가 값비싼 고미술이 많고 지하에는 갤러리까지 있는 곳이라 참고하느라 드나들었다고 했다.

"무슨 뜻이야, 그 질문. 어? 목적이 뭐야."

오세는 때로 어떻게 이럴 수 있을까 싶을 정도로 소년 시절을 간직하고 있었다. 학교가 끝나고 집으로 가려고 걸으면 괜히 따라오면서 말을 걸던 시절의 모습이었다. 그때 오세는 대체로 질문들을 연이어 했는데, 어제 〈가을동화〉 봤니? 너무 슬펐지, 나 막 엉엉 울었잖아. 텔레비전에서 〈쉬

리〉해준 건 봤겠지? 그것도 안 봤어? 하기는 너는 평소에
도 공부를 열심히 하니까. 아니 아니, 시비는 아니고. 뭐?
아 〈인기 가요〉는 봤다고. 혹시 지오디 좋아하니? 어머님은
자장면이, 아, 보아 좋아한다고, 하는 식이었다. 나는 애가
집에 가기 싫어서 이렇게 따라오나 싶었는데, 어느새 고고
리섬 가는 마지막 배가 뜨는 네시가 되면 전력질주를 해서
선착장으로 뛰어가곤 했다. 지금 생각하면 그때 소년 고오
세가 보여준 태도는 소중한 것이었다. 자기를 드러내려 하
지 않고 나에 대해 궁금해했기 때문이었다. 네가 좋아하는
것, 네가 어제저녁에 보았던 것, 네가 하고 싶은 것이 대체
뭐야, 하는.

　일식집으로 들어가기에 오마카세라도 사주는 줄 알았는
데 이 식당에서 가장 유명한 건 왕새우튀김우동이라고 했
다. 이 돈을 주고 우동을 먹다니 나는 그냥 맥주나 한잔하고
나갈까 하다가 잠자코 같은 메뉴를 시켰다. 그러다 홀을 잠
깐 봤는데 엘리사벳이 서서 누군가와 대화하고 있었다. 녹
색 투피스를 입고 꽤 눈에 띄는 목걸이 장식을 한 그는 다금
바리 식당에서보다 더 화려한 차림이었다. 이윽고 일행 몇
이 더 왔고 엘리사벳은 일식집으로 들어와 사람들을 별실로
안내했다. 양복을 입은 그들은 한눈에도 어디 단체나 회사

복자에게　193

의 임원들 같았다. 우동이 나오고 제일 먼저 튀김을 맛보라는 오세의 성화에 한입 베어무는데 엘리사벳이 나를 발견하고 천천히 걸어왔다. 그러고는 아주 정중히 인사해서 오세가 당황스러워 엉거주춤 일어날 정도였다. 이미 내가 예민한 재판에 투입되었다는 것쯤은 알고 있었겠지만 조금도 내색하지 않았다. 대신 오세에게 누구냐고 묻고, 금세기그룹 직원으로 고고리섬에서 일하고 있다고 하자 자기도 그 사업을 들어 알고 있다며 반가워했다.

"명함 있으면 좀 주세요. 저는 그냥 집안일하는 사람이라 죄송하게도 명함은 없는데, 섬에서 하는 이런저런 일에는 관심이 많답니다."

식사하면서 오세가 어떻게 아는 사람이냐고 물었을 때 나는 재판 정보와도 관련 있고 복자에게 말이 전해질까 염려되어서 그냥 아는 사람이라고 했다. 우동은 맛있었지만 나는 입맛을 영 잃어버린 기분이었다. 나오면서 예약 리스트를 적어놓은 안내판을 보니 거기에는 '영광장학사업회 모임'이라고 쓰여 있었다.

"오세, 그때 중학생 때 만날 뛰던 거 기억나? 배 시간 늦을까봐. 정말 발이 안 보일 정도로 빠르게 뛰었잖아. 갑자기 그 생각이 나네."

"아니, 처음 만났을 때는 나 전혀 모른다며? 이제 보니까 별걸 다 기억한다, 아주 천재소녀 두기야."

"두기는 소년이야."

"거봐, 다 기억하잖아. 근데 하루 배 놓친 적 있어. 내일이면 전학을 간다지, 그러면 영영 헤어지는 거지, 하는 마음에 내가 신데렐라처럼 지키던 그 마의 네시를 넘기고도 그냥 계속 쫓아갔었다."

"그랬어? 배를 못 탔어?"

"어, 야 진짜 서러웠던 그날의 기억 떠올리면 말을 못한다. 너 뭐니, 나한테 왜 이런 많은 상처 주는 거니."

오세는 그날 처음 노숙이라는 걸 할 뻔했다고 했다. 엄했던 오세 엄마는 배를 놓치는 실수를 한 아들을 용서하지 않았다. 얼어죽든 말든 하룻밤 어디서든 보내고 내일 학교까지 다녀오라고 야멸차게 전화를 끊었다. 그때는 10월이라 밤이면 날이 추울 때였고 포구에는 사람도 없이 가끔 취객들만 오갔다. 한참을 부두에 앉아서 엄마를 원망하고 있는데 좌판을 정리하던 생선 가게 아저씨가 뚜벅뚜벅 걸어왔다. 그리고 어디서 났는지 그 당시 꽤 비쌌던 바나나를 주면서 "배 놓쳤?" 하고 물었다. 아저씨는 턱이 각지고 튼튼한 골격을 가졌고 눈이 부리부리했다. 그리고 무슨 말을 뱉든

무뚝뚝하고 무섭다는 특징이 있었다. 배가 고팠던 오세는 바나나를 까서 한입 한입 먹으면서 어떻게 해서든 이 아저씨에게 빌붙어야 한다고 생각했다. 비싼 바나나를 선뜻 내주는 사람이니까. 그러지 않으면 정말 길바닥에서 자야 할 판이었다.

오세는 바나나로 배고픔을 좀 달래자마자 아저씨를 도와 가게를 정리하기 시작했다. 생선의 내장과 뼈를 한데 모아 봉지에 넣고 반쯤 녹은 얼음을 길가에 확 뿌렸다. 얼음에도 생선 비린내와 피냄새가 배어 있었다. 다라이에서 뻐끔거리며 숨이 꼴깍꼴깍하던 광어를 아저씨는 칼등으로 툭 쳐서 기절시킨 다음 능숙하게 회를 떠서 오세에게 먹어보라고 했다. 그런 아저씨의 약간은 흔들리는 눈빛, 소주와 막걸리로 단련된 듯한 거친 목소리, 그리고 손에서 도무지 놓지 않는 사시미칼은 오세를 무섭게 했다. 하지만 오세는 상관없다고 생각했다. 잃어버릴까봐 주머니에 넣고 몇 번을 확인한, 나중에는 거짓이라는 사실이 밝혀지고 만 영초롱의 집 주소가 있으니까.

아저씨의 집에는 방 한가득 온갖 영화 테이프들이 가득했다. 매 저녁의 일인 듯 익숙하게 〈다이 하드〉를 틀었고 브루스 윌리스가 나올 때마다 별로 흥미롭지도 않은 장면인데도 어허, 하고 감탄했다. 그러다 그 옆에서 오세가 심심풀이 삼아 그리고 있던 브루스 윌리스를 보고는 지금 그렸느냐고 물었다. 오세는 그렇다고 했다.

"요 녀석 요망진 놈이네."

아저씨는 대단하다며 칭찬했고 오세는 영리하게도 자신이 그린 브루스 윌리스 그림을 그에게 선물했다. 그 그림은 오세가 미대에 갈 때까지 가게 벽에 코팅된 채로 걸려 있었다. 그렇게 오세를 노숙에서 구해준 것도, 오세가 가진 재능을 알아보고 그의 어머니에게 귀띔해준 사람도, 오세에게 그림에 첫 서명을 해달라고 한 사람도 그였다. 그가 오세 엄마의 동창이었고, 엄마가 자신에게는 알아서 위기에서 벗어나라고 해놓고는 그에게 전화해서 가보기를 청했다는 건 나중에 알게 된 사실이었다.

"그런데 왜 그림을 하지 않아?"

"그림이 재능만으로 되는 게 아니잖아. 그래도 비슷한 일을 하게 돼서 좋아, 여기에 미술관을 지을 수 있게 되어서 좋고. 이제는 내가 고슬락 삼촌 같은 역할을 하는 거지."

"고슬락?"

"아저씨 별명이었어. 머리가 좀 많이 곱슬곱슬했거든."

변론준비기일에는 피고 보조참가자인 영광의료원 관계자와 그들이 선임한 서울 쪽 로펌 변호사들이 나와 있었다. 그중에는 내가 아는 얼굴들도 있었다. 그리고 그날 나는 소송을 낸 당사자들의 얼굴을 볼 수 있었다. 복자도 와서 앉아 있었는데 흰 블라우스와 까만 정장 치마를 입은 복자는 나를 응시하면서도 어떤 감정의 변화도 내비치지 않았다. 오늘은 복자가 중요하게 생각하는 날일 것이었다. 복자는 이겨야 했고 이기기를 원했다. 원고의 몸 상태가 좋지 않아 어머니가 출석한 경우도 있었다. 어머니는 사건 이후로 딸을 대신해 손자를 돌보고 있다고 했다.

"우리 손지는 느량 수심 삼십 미터 바당 지피 삽니다. 숨이 모잘라는 벵이라마씸. 내 물질 오래허영 그 벵을 잘 압주기. 육지에만 있는 애기가 숨이 모지레서 색색일 적마다 나 눈물을 앓아마씸. 거 우리 딸 잘못 아니라마씸. 그 위험한 약 무사 빨으랜 허엿수가? 조사허난 그제사 기계로 바꾸곡 검사 받앗마씸. 우리 애기 멩 하나 생기민 면역력이 엇언 이 년이 갑주. 아주 족은 멩이라도 경협주. 거 우리 딸 잘못 아니라마씸."

얘기를 듣고 있던 복자는 잠시 고개를 떨구었다가 다시 정면을 바라봤다. 준비기일이 지나고 회의는 더 고난에 부덮혔다. 나는 파우더링뿐 아니라 장시간의 야근이나 삼교대 근무 등 다른 열악한 근로 여건 역시 질병과 인과관계가 있다고 보아야 한다며 원인의 범위를 넓혔다. 파우더링과 관련해서는 자료에 다툼이 있지만 출퇴근 시각은 기계로 정확히 기록되니까. 의료원에서 수당을 체불하거나 아예 월급을 주지 않은 것도 전산 기록에 그대로 남아 있었다. 내 우려와 달리 부장은 때에 따라 내 의견에도 동조하고 고판사 의견도 들었다. 고판사는 법리적인 면에서 보면 무시할 수 없는 재판 불성립 원인이 있다고 강조했다. 나는 거기에 적극적으로 반대했는데, 통상적으로 주심이 주된 역할을 하는 합의부에서 그런 내 행동은 여러모로 문제가 되고 있었다. 당장 지원 사람들이 한마디씩 하고 갔다. 지원장은 제주도 출신답게 '돌킹이'라는 제주어로 은근히 치고 갔다.

"이판사 우리 어렸을 때로 치면 아주 돌킹이야, 돌킹이."

오세에게 전화해서 물어보니 돌킹이는 집게발이 큰 작은 게로 앞뒤를 재지 않고 자기가 옳다고 생각하면 언제든 나서서 할말을 하는 당돌한 어린애들을 가리키는 별명이라고 알려주었다. 제주에서는 어느 학교나 조직에나 돌킹이가 있는데, 그들은 잘못된 현실을 바로잡기 위해 특출난 집게발을 휘두르지만 끝까지 고생을 한다고.

"끝에는 어떻게 되는데?"

"끝이 어떻긴 어떠니. 돌킹이는 끝까지 돌킹이지."

사무실에 돌아가보니 양선배가 창가에 붙어서서 누군가와 통화하고 있었다. 평소답지 않게 휴대전화를 꼭 쥔 선배는 "불찰입니다. 불찰이에요" 하면서 사과했다. 그리고 "올라가겠습니다. 제가 가겠습니다" 하면서 전화를 끊었다. 단번에 아들에게 무슨 문제가 생겼구나 싶었다. 뒤를 돌아본 선배가 나와 눈이 마주치더니 왔어? 하고 머리카락을 두어 번 흐트러뜨렸다.

"나 우스운 질문 하나 해도 될까? 그냥 아무 말이나 하고 싶어서."

"네 선배, 하세요, 얼마든지."

"학교폭력으로 징계받는 애 엄마는 뭐 입고 학교 가야 하니?"

선배는 걱정과 당혹스러움이 깃든 얼굴로, 그런 엉뚱한 질문이라도 하지 않으면 안 되겠다 싶은지 물었다.

"왜 피고들, 복장이 다양하잖니. 가장 흔한 게 군복이잖아. 성악가라고 연미복 입고 오는 경우도 있었고 무복 입고 온 역술인 재판도 해봤다. 그럼 나도 법복을 입고 가야 하나."

200

"저도 무복 있었어요. 마라토너 복장도 있었고요."

"마라토너 복장? 그쯤이면 출입 불가해야 하는 거 아니야?"

"그러게요."

복자의 말대로 농담은 긴장을 좀 누그러뜨렸지만 그렇다고 양선배를 완전히 다독여주지는 못했다. 선배는 실무관실에 연락해 일정을 조정한 다음, 예약할 수 있는 가장 빠른 서울행 비행기를 탔다. 물론 법복을 가져가지는 않았다. 옷 안섶에 각자의 이름이 새겨진 그 옷을 선배는 유독 아꼈으니까. 그걸 입고는 사무실 의자에도 앉지 않았다. 그렇게 해야 입는 사람에게도 그 옷의 권위가 생긴다는 것이었다. 법정을 나와 일상으로 돌아오면 당연히 벗어서 그 권위가 일상의 자신에게는 해당되지 않는다며 스스로 삼가는 것. 자신을 롤 모델로 삼지 말라는 선배의 말과는 달리, 나는 그런 선배에게서 어떤 마음을 옮겨 받고 있었다.

변론준비기일이 진행되던 때는 '농단'이라는 단어가 겨울 바람과 함께 온 세상을 덮던 시절이었다. 광화문에서는 너가 상상도 못한 일이 벌어지고 있다고 홍유는 흥분해서 사진들을 전송했다. 기자 생활 언제 뜨냐며 한탄하더니 이제

밤을 새워가며 기사를 쓰고 있었다. 판사들의 코트넷에도 관련 소식들이 밀려오고 누구는 부끄러워하고 누구는 자중을 요청하고 누군가는 선언했지만, 그 많은 말들을 뒤로한 채 현실로 돌아오면 내 앞에는 이 재판이 무겁게 기다리고 있었다.

어느 날은 부장이 피고측의 면담 요청이 들어왔다고 했다. 가보니 피고 변호사 이외에도 엘리사벳이 있었다. 재판 전 면담 요청은 대체로 거절되곤 하는데 그렇게 성사되기 어려운 만남에서도 이상하게 엘리사벳은 그냥 일상적인 안부 얘기만 했다. 요즘은 대체로 서울에 가 있는 원장 근황이나, 제주 누구 국회의원 사모와 친한데 제주의 유명한 만신을 데려다 굿을 했다든가, 영광의료원이 암 전문 센터로 변신을 꾀하고 있다든가 하는 얘기들. 나는 병원측에서 의도적으로 자료 제공을 않고 있는 게 맞지 않느냐, 임금체불을 상습적으로 하면서 영리병원은 무슨 돈으로 추진하고 있느냐, 하는 질문들을 몇 번이나 떠올렸지만 그런 언급으로 빚어질 불상사들을 고려해 조용히 내리눌렀다.

"아이고, 맞아요. 내가 이걸 가져왔어요."

엘리사벳의 옆을 보니 스티로폼 박스가 있었다.

"뭘 가져오셨어요? 세 개나?"

고판사가 물었다.

"세 분께 드리려고. 별건 아니고 뇌물 이런 것도 아니니까 걱정 마세요."

"그럴 수는 없죠. 뭔지 열어보세요."

내가 엘리사벳에게 말했다.

"이판사님, 이거 정말 김영란법으로도 안 걸리는 거예요."

"그러니까 열어보시라고요."

그러자 엘리사벳이 그걸 탁자 위에 올렸고 변호사가 자기 손톱으로 테이프를 찢어가며 도왔다. 그렇게 해서 열어본 상자에는 무슨 물고기가 아직 뻐끔거리는 채로 들어 있었다. 나는 인상을 썼고 부장은 "아, 이게 뭔가요?" 하고 물었다. 엘리사벳은 이게 비싼 다금바리도 아니고 광어급도 아니고 그냥 잡도미라고 했다. 가격을 정하려고 해도 기준도 없어서 애매한데 맛은 좋다고.

"아니죠, 이건 아니죠."

나는 모멸감을 느끼며 자리에서 일어섰다.

"이판사님은 오병이어의 기적도 아시면서 물고기 하나 갖고 뭘 그러세요?"

"아니, 아니죠. 정식 면담 신청한 자리에서 무슨 생선이 오가고 그러는 겁니까? 재판 전 면담 신청이 판사실에 차 한잔하러 오듯 그렇게 쉽게 이루어지는 줄 알아요? 재판하다보면요. 자기 자식들 좀 선처해달라고 하루에도 몇 번씩 몇 시간을 이 추위에 떨면서 기다리다가 가요. 피고인 엄마들이요. 부장님, 이거 생선 뭡니까? 잡도미 뭐냐고요?"

그러자 엘리사벳은 나를 조용히 지켜보았다. 입가에 냉랭한 미소를 띤 채. 부장이 제주에서 생선은 선물도 아니고 그저 손부끄러워 가져가는 바나나 한 송이 같은 거라고 했다. 이판사가 생선에 너무 아우라를 부과하네, 라고.

"그래요, 정 안 되겠으면 차라리 요기 법환 앞바다에 놔주셔도 되겠네요. 그렇게 마음에 걸리시고 불쌍하시면요. 그리고 우리가 하기 전에 부장님이랑 의논해서 재판 회피, 하세요. 저희가 기피 신청을 해버리면 기사 나고 힘들어지지 않겠어요. 그게 우리 내과 병동에서 일 잘했던, 신실했던 그 직원을 위한 일일 거예요. 내가 그 직원 임신했다고 했을 때 선물도 했어. 우리 시어머니 입원했을 때 극진히 간호를 해서. 저도 한이 있겠고 어디 단체에서도 부추겼겠지만 친구까지 합세해서 이러면 안 되잖아요? 내가 그 일이 아예 없었다는 것이 아니야. 그런데 결국 법은 칼이 아니라 저울 아니에요. 공정하게 측정해주셔야지 편을 들면 돼요?"

엘리사벳이 가고 나서 부장은 나에게 피고측에서는 친구 문제 이외에도 내가 정신과 치료를 받았던 병원기록도 가져왔다고 했다.

"정신과 치료가 아니라 불면증 치료였어요."

하지만 부장이 보여준 그 페이퍼에는 정동장애라는 진단명이 쓰여 있었다. 문진을 위해 작성한 간단한 차트를 보며 의사가 "우울감이 있으신가요?" 하고 물었던 상황이 그럴듯한 말들로 기록되어 있었다. 나는 놀랐다. 부장은 자기는 이 문제로 나를 재판에서 빼고 싶지는 않다고 했다. 그런 결정을 자기가 하고 싶지는 않다고.

사무실로 돌아오자마자 나는 처방을 받았던 서울의 병원에 전화를 걸었다. 그리고 그런 개인 기록이 어떻게 그쪽으로 흘러갔는지를 묻자 해당 의사는 자리를 옮겼다고 했다. 어디로 갔느냐고 물어도, 내가 바로 그 당사자라고 해도 간호사는 네 죄송합니다, 라고 할 뿐 아무 정보도 주지 않았다. 홍유는 얘기를 듣더니 내가 수소문해볼게, 너는 오늘은 그냥 집에 가서 쉬고 있어, 라고 나섰다. 오후 근무를 견디고 사무실을 나서는데 실무관실의 계장님이 와서 지역신문 기자가 통화를 원한다고 전했다.

"제가 오늘은 못하겠네요."

"그렇지 않아도 회의중이라고 답은 했습니다. 그런 전화가 자꾸 오네요. 죄송합니다."

"계장님 왜 사과하세요? 전화가 오는 게 계장님 잘못은 아니잖아요."

"그래도 마음이 무겁네요, 판사님. 저도 제주 출신이니까요. 제 동창 중에도 영광의료원에 적을 둔 친구들이 있어요. 영광의료원이라고 하면 공부 잘하고 잘나가는 애들이 취직해서 선망을 사던 곳이에요."

나는 복자의 얼굴을 다시 떠올렸고 마음이 착잡해졌다. 회피 신청을 할 생각은 없었다. 이렇게 부당하게 흔들수록 더 자리를 지킬 셈이었다. 그리고 돌아서 가는데 계장님이 스티로폼 상자를 가리키며 "버릴까요?" 하고 물었다. 나는 그걸 한참 내려다보다가 가져가겠다고 했다. 그편이 버리거나 외면하는 것보다 더 스스로에게 용기를 북돋워주는 행위 같았다.

관사를 찾은 오세는 세제와 키친타월 꾸러미를 들고 있었다. 누구네 집이든 원래 첫 방문에는 이런 선물을 하는 거라고 너스레를 떨면서.

"나 오늘 선물 많이 받네. 생일이네."

오세가 뭘 또 받았냐고 물었고 나는 심드렁하게 식탁 위

상자를 가리켰다. 오세는 열어보더니 "도미잖아" 하고 감탄했다.

"앙골아주, 이게 얼마나 맛있는 건데."

그리고 오세는 냉장고에 있던 채소를 꺼내 도미를 조리기 시작했다. 이런 건 횟감으로 제격이지만 너는 회는 별로 안 좋아하잖아, 라고 말하면서. 홍유가 다시 전화를 걸어와 그 의사가 어디 외국계 제약회사의 사외이사로 등록되어 있다고 했다. 전직을 했나 싶었는데 홍유가 약간 기가 막힌다는 듯이 코웃음치더니 그 제약회사가 영광의료재단의 계열사라고 했다. 내가 그들이 원하는 대로 할 생각 없다고, 이건 복자가 아니라 내 인생을 흔드는 문제라고 하자 홍유가 동의했다.

"당연하지. 너가 왜 그런 모욕 속에서 직무를 포기한단 말이니? 야, 우리 부처 관두고 인간 하자, 어? 아득바득 버티자. 사람이 칼을 뽑으면 뭐라도 자르긴 잘라버려야지."

집에서 텔레비전을 틀어놓고 밥을 먹고 있자니 기분이 이상했다. 오세는 마치 자기 집처럼 편안하게 다리를 뻗고 앉아 도미 뼈를 살뜰하게 바르고 있었다. 텔레비전에서는 가수들이 나와 각자 무대를 꾸며 경쟁을 하고 있었다. 오세는 꽤 재밌는지 노래 실력에 경탄하며 보고 있었지만 나는 그 모든 것이 마음에 들지 않았다.

"야, 조금 있으면 저기 합창단 나온다. 꼭 저렇게 클라이맥스에는 합창단을 넣어. 유치하게. 맞지?"

"이제 댄스 타임이네, 댄스 타임. 우르르 몰려나와서 카니발 느낌 내고. 저런 패턴 아주 유해하다."

나는 계속 한마디를 하게 됐다. 중간광고 시간이 되자 오세가 "우리 앙골아주 오늘 기분이 많이 별로인가보네?" 하고 한마디 했다. 그리고 채널을 돌려서 요즘 한창 인기인 드라마에 맞췄다. 하지만 거기에도 예상 가능한 신들은 여전히 있어서 나도 모르게 저 문 열고 들어가면 싸다구 나간다, 싸다구, 그렇지, 저러다 또 우연히 만나지, 만나야 얘기가 되지, 아주 유치하고 상투적인 구성이지, 다 짜고 치는 고스톱이야, 했는데 오세가 갑자기 내 어깨를 두드렸다.

"앙골아주야, 빤하고 촌스러워 보여도 그런 게 즐겁고 감동이고 할 때도 많아."

"뭐?"

"네가 말했듯이 그냥 그런 유치한 상황에 불과하다면 왜 거기에 네 감정이 실리는 건데?"

"나 지금 너한테 좀 예의 없게 군 거니? 도미 다듬고 요리하고 밥 차리고 텔레비전 보면서 뭣 좀 먹으려고 하는데 내가 또 분위기 깬 거야?"

좀 미안한 마음과는 달리 말은 기우뚱하게 나갔다. 오세는 내 앞에 도미 한 점을 다시 올리며 "확실히 그래"라고 했다.

"눈치 좀 챙겨."

"알았어."

"그리고 내 마음도 챙겨주고."

그날 우리는 근처 카페 거리로 가서 커피를 한잔 마시는 것으로 만남을 마쳤다. 오세는 각자 차를 움직여서 가자고 했다. 다시 나를 데려다줄 생각이 없다는 거였다.

새로운 누군가가 과거의 누군가를 잊게 한다는 건 반만 맞는 말 같았다. 새로운 사랑은 오히려 과거에 내가 누렸던 사랑의 감정, 패턴, 장면들을 강하게 환기시켰다. 내가 홍유에게 오세와 가까워질수록 오히려 윤호의 기억이 뚜렷해진다고 하자 "찐사랑의 시작인가보다" 하는 답이 돌아왔다. 한동안 들어가지 않던 페이스북으로 윤호를 찾아본 것도 오세가 그렇게 한 발씩 걸어들어올 때였다. 윤호는 연구소 직원들과 찍은 사진이나 공원 풍경을 이따금 업데이트할 뿐 자세한 근황을 알리지는 않았다. 나는 그 맥락 없는 사진들 속에서 윤호를 상상하고 느낄 수밖에 없었다. 윤호가 다른 누군가의 연인인 장면을 상상하기 위해 노력했다. 둘은 강변에서 자전거를 타고 갓 구운 빵을 사 들고 산책을 하며 세 잔이나 모네의 그림을 보러 주말이면 미술관에 가리라고.

윤호는 유학 생활에 집의 뒷받침을 전혀 받을 수 없을 만 큼 어려운 처지였지만 '낭만비'라고 하는 돈을 모아서 어느 날은 아주 특별한 사치를 하곤 했다. 우리가 연애를 시작했 던 대학생 때는 패밀리 레스토랑에 가는 것이었다. 그런 세 세한 기억의 결이 일어나면서 내 마음은 특별한 방식으로 아팠다. 헤어질 무렵에 화를 내거나 적의에 불탔던 것과 달 리 아주 순하게 아팠다.

"글쎄. 모르겠어. 오히려 옛날 기억이 뚜렷해지는데 새로 운 연애의 시작일까?"

"전처럼 엔진이 가동되는 거지. 사랑의 엔진에 시동을 건 거야."

내가 물을 때마다 홍유는 그렇다고 확신했다. 나는 내 외 로움을 해결해주기에 지쳐 무조건 이 연애를 가동시켜야 한 다는 생각을 하고 있는 건 아니냐고 홍유에게 농담 삼아 잠 깐 항변했다.

그날 오세의 차 뒤에서 일주동로를 따라 달리는데 밤의 오름에서 물결치는 억새들이 보였다. 오세는 가다가 말고 잠시 길가에 섰고, 그건 서서 풍경을 좀 보라는 제안이었다.

창을 내리자 바람이 불어들어오면서 주변에 무엇이 있는지를 냄새로 알 수 있게 해주었다. 안개와 수풀과 그리고 차디찬 습기였다. 멀리 불을 밝힌 세연교가 보였고 돛 모양의 푸른빛 조명이 다리 중간에 세워져 있었다.

차를 마시며 오세는 복자가 자기가 일했던 시절에 병동에 입원했던 사람들을 찾아다니고 있다고 전했다. 그들의 진료 기록부를 받아 처방받은 약들을 일일이 확인하려는 것이었다. 도와주지 않는 사람들도 있지만 웬만큼 제주에 소문난 사건이기에 심지어 이미 망자가 된 사람의 가족들도 나서주고 있다고. 하지만 자기는 복자가 그렇게 죽은 사람들 기록을 뒤지는 게 마음 아프다고 했다. 오늘내일하는 사람들 앞에서 부탁하고 돌아와 스스로를 자책하는 모습도. 생각하면 지금 그 못지않게 아픈 사람이 복자이니까.

"나는 너에게 어떻게 하라고 말하는 것이 아니야. 다만 이 일이 아무런 상처 없이 끝났으면 좋겠다. 어렵게 다들 만났으니까."

지원에서는 재판일을 하염없이 미루었다. 내 회피 신청을 기다리는지, 피고측의 기피 신청이 오면 처리하려는 것인지 알 수 없었다. 연기 통보를 받은 원고측에서 항의를 해왔다.

당연히 그럴 것이었다. 눈치를 받으면서도 회의에 들어가 앉아 있으면 고판사는 아예 내 쪽을 보지 않았다. 부장은 원래 주심과 비주심은 다르잖아, 라고 일깨웠다.

"그동안 이판사의 의욕이 지나쳤을 수도 있네. 자네는 주심 판사의 의견을 별로 존중하는 태도가 아니었어."

피고측에서는 원고측의 자료가 부적절하다고 했다. 재해 발생 시점이 특정된 진료서가 아니라는 것이었다. 재해 발생 시점이 "임신중"이라고 명시된 진료서로는 피해 요인의 확인이 불가하다고 주장했다. 상관관계가 명확히 적힌 진료서 없이는 첫 피해를 입증할 수 없다는 반복된 논리였다. 내가 말할 기회는 번번이 무시되었고 그 노골적인 냉대에 견딜 수 없던 나는 어느 날은 자리에서 일어나 퇴근해버렸다. 그다음 회의는 내게 통지도 없이 열렸다. 나중에 기록을 확인해보니 의료원은 이제 파우더링한 약제 목록이 조작되었다고 주장하고 있었다. 내가 열외되었다는 걸 아는 걸까. 의료원측은 기존 자료들을 아예 무력화하는 증거들을 보충하고 있었다.

새해를 넘긴 어느 오후, 복자가 전화를 걸어왔다. 소송이 시작된 이래 처음으로 받아본 연락이었다.

"어디서 만나?"

이번에는 내가 먼저 그렇게 묻자 복자는 한참 생각하더니 새별오름 가본 적 있어? 하고 물었다. 겨울의 오름은 한적할 줄 알았는데 주말이라 그런지 주차장이 다 차 있었다. 억새는 큰 바람이 불 때마다 차락차락 소리를 내며 흔들렸다. 비탈길을 따라 마치 개미처럼 열을 지어 올라가는 사람들의 동선이 억새풀 사이로 도드라졌다. 산담으로 에워싸인 제주의 묘들이 눈에 들어왔고 귤과 간식거리를 파는 트럭들도 보였다. 우리는 오랜만이네, 인사하고는 말없이 오름을 올랐다. 복자는 굽이 낮기는 하지만 구두를 신고 있었다. 그런데도 성큼성큼 잘 올라갔다. 무슨 생각에 잠겨 있는지 속도를 내어 나보다 먼저 올라갔다가 내가 멀어진 걸 깨닫고는 다시 내려오기도 했다.

"영초롱아, 저기 나무 보이니? 저게 새별오름에서 요즘 제일 유명한 '나 홀로 나무'다. 사람들이 그렇게 사진을 찍어 올린다더라. 오세가. 왕따 나무라고 부르기도 하는데 나 홀로랑 왕따랑 느낌이 참 다르지? 어쩌면 그게 그거처럼도 느껴지고."

"그래, 그게 그거 같다. 자의냐, 타의냐의 차이일 뿐."

"근데 그러면 엄청난 차이 아니냐? 스스로 하는 것과 시켜서 하는 것."

우리는 적당한 곳에 서서 사진을 찍었다. 복자는 희미하게라도 웃고 나는 웃지 못했다. 복자는 빙떡을 만들어 왔다고 했다. 찬합을 열자 방울토마토와 함께 두툼한 빙떡이 들어 있었다. 빙떡은 제주에서 제를 올릴 때나 결혼식을 할 때나 빠지지 않는 음식이었다. 복자는 자기는 무채보다 팥을 더 좋아해서 팥소를 넣었다고 했다.

"복자야, 너도 결혼식 사흘 동안 했니? 제주 사람들 그러잖아. 집에서 잔치를 삼 일씩 하잖아."

"했지, 사흘. 친척들, 친구들한테 불려다니면서 술 마셨지. 정작 로맨틱한 신혼 밤이고 뭐고 없고, 둘 다 홀딱 취해서. 지금 생각해도 우습다."

"남편이 서울 사는데도 제주에서 잔치를 했구나. 좋네."

"응, 그 사람은 그런 사람이었어."

복자는 빙떡을 다 먹고 나서 보온병에 담아온 메밀차를 마셨다. 날은 따뜻한 편이었지만 바람이 거세게 불어서 우리의 대화는 바닷가에서처럼 흩어졌다. 목소리가 점점 커지면서 소리를 높여 대화할 수밖에 없었다.

"우리 할망 있잖아. 생각해보면 나는 할망 앞에서 가장 씩씩했다. 왜 그런지 알아?"

"할망이 너를 아꼈으니까 그랬지."

"그래. 그도 그런데 우리 할망이 물질을 오래해서 귀가 안 좋았잖아. 그래서 크게 크게 소리를 질러서 말할 수밖에 없었어. 그러다보면 마냥 우울하고 슬플 수가 없었어. 할망! 나! 슬! 픗! 저! 소리치고 나면 슬픔이라는 게 아무것도 아 닌 듯하고 그냥 숨 한번 크게 쉬고 나면 괜찮은 듯하고. 할 망이 늘 그랬거든, 우리 벨 같은 손주 물숨 쉬지 말고 나가 서 바깥 숨을 쉬어라. 어떻게든 너는 본섬도 가고 육지도 가 고."

복자의 말을 들으며 오름을 내려가는데 맑았던 날씨가 또 바뀌어 서리가 흩날렸다. 나는 지금 눈가에 번지는 건 눈물 이 아니라 서리일 뿐이라고 생각했다. 이런 대화가 가능한 오름에서의 날이란 전혀 불행하지 않다. 불행이 침범할 수 가 없고 슬픔이 흩날리지 않는다. 복자도 울지 않으니까 나 도 울 수가 없다.

"복자야, 그런데 오늘은 왜 새별오름이야? 왜 여기서 우 리 만났지?"

"예전에 할망이랑 들불 놓는 걸 봤던 게 생각나서 오랜만 에 와봤지. 그대로네, 주차장 넓어진 거 빼고."

정월대보름이면 오름에 불을 놓아서 억새를 태운다고 했 다. 그 빛이 아주 멀리에서도 보인다고. 묵은 풀을 없애고 더 건강한 풀을 내게 하는 건 제주의 오랜 풍습이었다. 깊은 밤 불을 놓으면 오름 전체가 타오르면서 마치 오름이 화산으로 다시 운동하는 듯 느껴진다고 했다. 용암이 꿈틀거리며 흘러내리는 것 같다고.

"그때 구경 왔는데, 우리 할망이 난데없이 손으로 막 뭔가를 빌면서 눈물을 흘리더라. 할망은 우는 일이 거의 없었거든. 그런데 그렇게 압도적인 풍경 앞에서 마치 아이처럼 울면서 빌더라고. 다른 어떤 것도 아니고 크고 붉게 타오르는 자연이 그렇게 만드는 거였어."

주차장으로 와서 복자는 단체 사람들에게 들었다며 내게 이 재판에서 물러나달라고 했다.

"회피인가 할 수 있다며, 판사가 그렇게 하면 안 맡게 된다며."

복자는 단호한 표정이었지만 어떤 감정을 간신히 참고 있는 것처럼 보였다.

"나한테 중요한 재판이고, 나도 나지만 여전히 치료비가 들어가는 사람들에게는 더 그래. 우리 재판에서 이겨야 해."

"복자야, 나는, 이 재판의 문젯거리가 아니야."

나는 다급하게 설명하려다 말을 멈추고 복자가 그냥 알아주기를 기다렸다.

"그래, 그렇겠지. 그러니까 빠져줘, 내 평생의 부탁이야."

나는 나중에야 복자가 그렇게 말한 것은 어쩌면 재판에서 지게 될 것이 두려워서라는 생각을 했다. 그러면 나를 영원히 원망하게 될 테니까. 나라는 애를 영영 그런 악연으로 묶어 기억 속에 가둬야 할 테니까. 하지만 초저녁에 외로이 뜬 별처럼 들판에 홀로 서 있는 그 오름에서 나는 말할 수 없는 배반감과 분노, 내가 맡고 있는 이 직분을 함부로 하는 침해 같은 것을 느꼈다. 그건 내가 베풀고 싶었던 선의와 우정이 깊으면 깊을수록 더 세게 나를 찌르는 것이었다.

"너 지금 일종의 선을 넘었어."

회색의 주차장은 이미 눈으로 다 젖어가고 있었다.

"너는 지금 내 인생에서 침해하지 말아야 할 것을 침해한 거야."

나는 차로 갔다가 다시 복자에게 돌아가서 "너," 하고 부른 채 얼굴을 바라보다가 "잘 지내" 하고는 돌아서 차를 탔다. 나는 그때 복자가 나를 믿지 않는다고 생각해서 마음이 더 아팠다. 상처가 깊은 사람에게는 누군가를 믿을 힘이 없다는 것, 눈으로 보이지 않는 편까지 헤아려 누군가의 선의를 알아주기 힘들다는 것까지는 나 역시 헤아리지 못했다.

사실 내게는 있었을까, 그런 믿음이. 1999년의 그날부터 지금까지 나는 얼마나 세상을 믿었을까. 부모를 믿었을까. 그들의 실패는 나를 불행하게 만들려던 것이 아니라 그들로서도 어떻게 할 수 없이 속수무책으로 밀려왔다는 것을 머리가 아니라 마음으로 받아들였을까. 윤호가 네가 내 마음을 들여다본다면 너무 참혹해서 눈물을 흘릴 거야, 라고 하며 내게 마지막까지 기대라는 것을 했을 때 나는 그런 건 없어, 라고 말하지 않았던가. 변해버린 마음은 결코 그전으로 돌아갈 수 없고 누군가를 버린 사람들은 그냥 버린 사람들로 남는다고, 오직 그렇게만 믿으려 하면서.

오세는 복자와 나 사이를 어떻게든 이어붙여보려고 노력했다. 정작 재판보다 피고측이 제기할 기피 신청이 더 이슈가 되자 사람들이 재판에 나쁜 영향을 줄지 모른다며 위축되었다고. 복자는 너를 믿지 않는 그런 사람이 아니라고.

"아니야. 지금 니네가 돌아가는 걸 몰라서 그래. 내가 해야 해. 내가 있어야 그나마 가능성이라도 좀 있다고."

나는 답답해서 소리를 질렀다.

"그래?"

"그래, 몰라서 그렇지 확실히 그래."

"영초롱."

오세가 나를 조용히 불렀다.

"그렇다면, 정말 네가 너밖에 못한다고 생각한다면 이미 그것 자체가 위험한 것 같다."

나는 오세의 그런 말이 듣고 싶지 않았고 더 정확히는 오세와 더이상 만나고 싶지가 않았다.

"너, 너도 뭔가 의도가 있지 않았니?"

"의도?"

"너네 회사 사실상 거기 개발에 나선 거 아니야? 그러면 줄줄이 규제를 풀어야 하잖아? 지방비도 투자될 테고, 연줄도 있어야겠지. 결국 그러다 리조트 짓고 관광업 하려는 것 아니냐고. 매일매일 주민들이 너한테 자기네 집 사라고, 생선이나 말리고 마늘이나 심던 땅 비싸게 팔아보려고 불러댄다며? 누가 돈을 마다하니, 내 컴퓨터에는 지금도 돈 때문에 사람을 죽이고 돈 때문에 사람을 속인 인간들에 관한 사건들이 지문이 닳도록 스크롤바를 내리고 내려도 끝이 없어."

우리는 그때 안덕면의 한 카페에 앉아 있었다. 창으로 천여 평의 동백꽃밭이 보이는 곳이었다. 내 얘기를 듣는 오세의 표정은 울그락불그락해지다가 캄캄해지더니 나중에는 무표정해졌다. 마치 이렇게 저렇게 울고 웃는 얼굴을 만들어보다가 나중에는 그냥 다 뭉쳐 뚝 떼어놓은 찰흙처럼.

"그래, 세상이 그럴 수 있지. 세상이 그렇게 보이고 그렇다고 말할 수는 있겠지. 그런데 영초롱아, 너가 보는 것이 아주 일부에 지나지 않는다는 것을 늘 생각했으면 한다. 법은 최소한의 도덕에 불과하다고 네가 내게 멋진 말을 알려주지 않았니. 그렇다면 법을 통해 볼 수 있는 인간의 면면도 최소한에 불과한 거야. 회사는 자본이니까 너가 말한 대로 흘러갈 수 있겠지. 하지만 그렇다고 나란 사람도 그렇게 흘러간다고 너가 말할 수 있니? 주민들 중에 이참에 땅이고 집이고 다 비싸게 팔고 가버리는 사람도 있을 수 있지. 하지만 섬을 지키기 위해 연륙교 착공을 힘 모아 저지한 일은 어떻게 설명할 거니? 몸 지지러 갔다가도 섬의 고넹이돌을 단번에 알아본 그 마음은 어떻게, 싹 무시하면 되는 일이니? 너는 최소한의 도덕을 다루지만 나에게는 너가 최선의 사람이라서 나는 늘 너가 좋았어. 하지만 지금은 그런 생각도 들어. 어쩌면 한번 기울어진 채로 시작된 관계는 복구가 되지 않을지도."

휴가를 내고 사흘간 혼자 섬을 돌았다. 언젠가 나뭇가지에 걸린 방패연을 한참 동안 올려다본 적이 있었는데, 그렇게 다 찢기고 나서도 여전히 바람이 불면 그것을 타고 하늘

하늘거리면서 오색의 아름다움을 뿜내던 장면이 생각났다. 중학교 어느 하굣길에서 나는 그것이 누군가를 아프게 떠올리면서도 좋은 기억들도 잊히진 않아 어쩔 수 없이 슬픔과 기쁨 사이에 걸려 있는 내 마음 같다고 일기장에 적었다. 그리고 오랜 시간이 지나 또 같은 자리에 놓인 기분이었다. 성산에서 출발해 남원을 거쳐 표선으로 다시 더 올라가서 섭지코지로 쫓기듯 달렸다. 그리고 식사를 하기 위해 펍과 해산물 식당을 겸하는 곳을 들어갔다가 정신없이 취해서 사람들에게 전화를 걸기도 했다. 서울의 이영춘 부장에게 건 것이 가장 최악이었는데, 술김에도 이건 아니다 싶어 끊으려니까 부장은 "자네 얘기 다 들었어" 하고 알은체했다. 그리고 또다시 그 거룩하고 그가 잘게 잘라 붙이는 플래그만큼이나 명약관화하게 옳은, 너무 옳아서 듣는 것만으로도 가슴이 뻐근해지는 충고들이 쏟아졌다.

"이판사 삼국지 읽었어? 제주에 가서 독서 좀 했어?"

"아니요. 저는 읽지를 못했습니다. 재판 기록만 읽었습니다. 사건을 처리했습니다. 부장님, 말이 안 되는 일을 하는 사람들이 많아요. 아주 말이 안 되거든요. 그냥 그럴 때는 그 입을 말입니다. 확 그걸."

"욕은 말게."

"욕은 안 합니다. 부장님."

"이판사. 볼테르. 볼테르를 읽어."

"볼테기요?"

"아니, 볼테르. 18세기 프랑스 사상가이자 비판적 지식인 으로."

"네, 압니다."

사실 나는 부장이 권하는 모든 책을 읽을 생각이 없었다. 권하는 것이 그의 명분이라면 응하지 않는 것도 내 명분이 니까. 하지만 그다음날 환하게 햇볕이 들어오는 방에서 일 어나 펜션 주인이 넣어놓은 귤을 조금씩 까먹으면서는 책 이라는 것이 한 권쯤 있어도 좋지 않을까 생각했다. 그래서 수산리를 지나다가 높은 아름드리나무가 서 있는 서점을 보고 들어가 대학생 필독서 코너에 소개된 볼테르의 책을 샀다. 뭔가 일에서 벗어나 숙고할 필요가 있다고. 지원에도 일종의 항의를 할 필요가 있다고 생각해서 시작한 여정이 지만 여행이라고는 할 수 없었다. 나는 그저 조금씩 밀려나 보는 것에 지나지 않았다. 그러다가도 어김없이 되돌아갔 다. 책상으로, 복자에게로, 아니 해안가를 걸으며 영웅에게 거짓말했던 것처럼 하하하 하고 한번 웃어보던 어린 나에 게로. 하지만 하나도 용감해지지 않고 슬퍼지기만 하던 오후 속으로.

나는 견디다못해 계장님에게 전화를 걸었다. 그리고 아무에게도 말하지 말라고 부탁한 뒤 재판의 진행 과정을 물었다. 계장님은 선고기일이 내달로 잡힐 것 같다고 말해주었다. 내가 빠지면 아마도 양선배가 배석으로 들어가리라고.

"좀 낫네요."

"네. 양판사님도 그러셨어요."

"뭐라고요?"

"혹시 자기가 맡게 되면 안심이라고요."

나는 그게 앞으로 뭘 의미할지 예단하지 않으려고 노력했지만 뭔가 마음이 조금씩 잦아드는 것을 느꼈다.

"이판사님, 쉬십시오. 여정이 길었으니까요. 일주일 딱 쉬고 돌아오세요."

해안을 계속 따라가려다가 마음을 바꿔 용눈이오름과 산굼부리를 들렀다. 그리고 중학교 특별활동 시간에 야외학습을 갔던 일이 생각나 민속마을로 갔다. 그전과 다르게 규모가 커져 있었고 외국인 관광객들이 줄을 서 있었다. 중국어와 일본어가 병기된 안내지도를 받고 그날따라 너무 차갑게 불어닥치는 산바람에 어깨를 옹송그린 채 안으로 들어갔다. 제주에 오면 누구나 궁금해하는 똥돼지는 자기들도 추운지 한참을 기다려도 우리 밖으로 나오지 않았다. 물옹기를 짊어진 아이 동상의 종아리가 아주 추워 보였다. 나는 그런 곳들을 빨리 지나 실내로 들어가고 싶어서 공연장으로 갔다. 안에는 대형 스크린이 걸려 있었다. 공연에 대한 설명과 진행 상황을 알리는 스크린이었다. 추운 곳에 있다가 갑자기 따뜻한 곳으로 들어왔더니 몸이 노곤했다. 아니면 지원과 통화를 했기 때문일지도 몰랐다. 공연은 제주 사람들의 어업에 관한 내용이었다. 어부들이 그물을 던지고 해녀들이 잠수를 해서 전복과 소라를 건져오는 과정이 악기 연주와 함께 펼쳐졌다. 푸른 조명이 바다를 대신했고 배우들은 마룻바닥을 활기차게 오갔다. 마지막에는 집으로 모여든 가족들이 애기구덕을 흔들며 노래를 불렀다. 애기구덕은 대나무로 짠 바구니에 짚을 넣어서 만든 일종의 아기 바구니였다.

자랑 자랑 웡이 자랑
우리 애기 재와줍서
웡이 자랑 웡이 자랑
어진 어진 할마님 조손

노래를 부르면서 배우들은 우리더러 같이 부르자고 두 팔을 내밀었다. 관람객들이 '자랑 자랑 웡이 자랑'이라는 후렴구를 따라 부르자 작은애 역을 맡은 배우가 갑자기 화가 난 듯이 발딱 일어나 "우리 동셍 자는디 영 크게 부르민 어떵허겐?" 하고 우리를 혼냈다. 그러자 "네 더 시끄룹다" 하며 언니가 끌어앉혔다. 우리는 와하― 웃었고 그보다는 조금 더 잦아진 소리로 '자랑 자랑 웡이 자랑'을 따라 했다.

자랑 자랑 웡이 자랑

우리 애기 재와줍서

느네 어멍 인제 온다

웡이 자랑 울지 말라

느네 어멍 소리 남저

자랑 자랑 웡이 자랑

느네 어멍 젖 싯엉 온다

자랑 자랑 울지 말라

배가 곺안 울엄고나

자랑 자랑 웡이 자랑

우리 애기 재와도라

여기까지 노래를 하던 배우들은 우리에게 쉿, 조용히 하라고 손짓한 다음 마지막 구절을 들릴 듯 말 듯 불렀다.

웡이 자랑 자랑 자랑
느네 애기 재와주마
워이 자랑 워이 자랑
곱게 곱게 키와줍서

6

복자야 안녕. 이 편지가 너에게 전달이 될지 알 수가 없
구나. 한국으로 가는 비행기는 이제 뜨지 않는다고 해. 유
학생들이 모여 있는 인터넷 카페에는 한국으로 급하게 돌
아가야 하는 사람들이 어느 날 어느 항공사에서 비행기
를 띄우는지, 혹시 특별기가 있는지 알아보는 글들이 계
속 올라와. 나는 아직 한국으로는 돌아가지 않아도 돼. 연
구원에게 주어지는 비자가 아직 유효하거든. 가려고 해도
비행기값이 너무 비싸져서 사실 그럴 수도 없다. 이런 팬
데믹의 세상이 올 줄 누가 알았을까. 한국의 상황을 전해
들으면서 나는 여기까지 그러지는 않으리라 낙관했어. 겨

울의 끝자락만 해도 내가 가장 고민했던 건 외부의 파이프가 얼어서 물이 나오지 않는 거였어. 파리의 집들은 대부분 오래되었고 우리처럼 든든한 난방은 상상도 할 수가 없어. 정말 상상할 수가 없을 만큼 춥단다.

네가 승소한 최종 판결문은 몇 번이나 읽었어. 1심을 이기고도 항소와 상고가 이어져 이렇게 오래 걸리다니. 축하한다는 말조차 미안하게 느껴진다. 전 법관 출신으로 내가 다 사과를 하고 싶네.

파우더링한 약제 목록을 특정하기 위해 진료기록을 제출했다는 기사도 읽었어. 의료원을 통해 받아야 하는 증거를 그렇게 찾아다니며 구해야 했다니. 그 약들은 암환자에게 처방되던 것들이었고 그래서 죽은 이들도 많았다는 것. 그런데도 그 가족들이 사망자의 진료기록을 떼서 쥐여주었다는 얘기도 읽었어. 그렇게 누군가의 죽은 기록이 살아 있는 누군가를 살릴 수도 있다는 사실은 내 상상을 벗어나는 일이었어. 투약 일수와 약제 이름, 그리고 그 용량만 건조하게 적힌 종이 따위가 말이야.

체류연구원이 하는 일은 생각보다 많지 않아. 여기에 와서 내가 한 일이란 유럽의 이민자 정책과 관련한 판례들을 열람한 것뿐이야. 대체로 두시쯤이면 끝이 나고 그러면 3구역에 자리한 셋집으로 돌아온다. 전염병으로 도시가 봉쇄되고 외출이 금지되면서 나는 이 오래된 아파트먼트의 입주자들과 꽤 친해졌어. 권장되는 일은 아니지만 우리는 저녁이 되면 발코니에 서서 좀 멀찍이 대화를 한다. 저녁 여덟시는 파리의 노을이 남아 있을 시간이고 사투를 벌이고 있는 의료진들에게 보내는 파리지앵들의 느린 박수가 계속되는 시간이다. 맞은편에는 휠체어에 의지해야 하는 할머니가 사는데 늘 이런 말이 쓰인 종이를 들고 나오지. 얘들아, 나는 1944년 파리 공습의 생존자란다. 그러면 박수가 그 발코니 쪽으로 쏟아진다. 텅 빈 골목에서 그 박수 소리는 마치 물결처럼 어디든 갈 수 있을 듯이 흐르지.

옆집의 셀린은 쥘리에트 비노슈처럼 깊은 눈을 가진 대학의 문학 강사인데 한국에 대해 꽤 잘 알고 있었어. 파리 중심가에 값비싼 한식 레스토랑이 있다는 얘기도 그에게서 들었어. 나는 봉쇄가 풀리면 언제든 내 방에 놀러오라고 했지. 아직 내 냉장고에는 한국에서 가져온 음식들이 많이 있으니까. 비록 파우치에 든 레토르트 음식이긴 하지만. 할머니가 쓴 생존자, 라는 단어는 어느 날에는 아주 거룩하고 어느 날에는 거리에 핀 수선화만큼이나 싱그러위. 그는 이런 봉쇄의 나날들에 발코니에서 작은 기쁨을 누리고 있어. 생존자일 수 있는 시간을, 자신을 내보이는 것만으로 골목의 사람들을 위로할 수 있는 시간을, 그렇게 해서 모두를 생존자로 만드는 시간을.

보낼 수 있다면 복자야, 나는 너에게도 이 박수를 보내고 싶다. 넘치도록. 자꾸 넘쳐서 네 머리맡에 그것이 고이도록. 그렇게 해서 네가 파도가 치나 아니면 태풍이 올 참인가 싶어서 잠결에 잠깐 눈을 뜨도록. 그러면 태풍이 올 리가 없으니 이 밤 아주 편안하게 자고 있던 흰둥이가 귀찮은 듯 네 방문을 잠깐 보고.

이번에는 끝을 낼 수 있을지 알 수 없었지만 나는 복자에게 소식을 전할 생각을 했다. 여기로 와서 계절이 몇 번이나 바뀌고 나서야. 1심에서 승소하고 오세가 기뻐하면서 전화했을 때 축하를 전했지만 내가 직접 연락하지는 않았다. 대신 양선배에게 전화를 걸었다. 양선배는 간호사들이 추가로 환자들의 진료기록을 확보하면서 모든 것이 바뀌었다고 했다. 원고측 기록에 신뢰가 실리면서 최종적으로 부장은 원고측의 역학조사 결과를 판결에 반영할 수밖에 없었다. 양선배는 아들이 제주로 내려와 지내게 된 일로 활기를 찾은

것 같았다. 관사가 아니라 제주시에 집을 얻을 생각이라고
했다. 그러면 선배는 사십 분쯤은 차로 출퇴근을 해야 했지
만 아이가 죽어도 공항 근처에 살고 싶어한다고. 나는 오래
전 나처럼 짐을 챙겨 서울에서 내려올 그 십대 소년의 표정
과 마음을 잠깐 생각했다. 다르지 않을 듯했다.

　법복을 벗은 건 복자 사건 때문만은 아니었다. 아이러니
하게도 변호사협회의 그 최악의 판사 리스트가 발표되지 못
했기 때문이었다. 발표될 필요가 없었다. 법원 내부에서 작
성한 판사들에 대한 성향 분석표와 평가 리스트가 세상에
밝혀졌으니까. 요주의 인사인 블랙리스트도, 윗선에 합격점
을 받은 화이트리스트도 아니고 이런 리스트 작성이 그저
통상의 평가일 뿐이라는 명분을 만들기 위해 작성된 일종의
'들러리 리스트'에 내 이름이 있었다. 거기에는 충동적 성향
이고 승진에는 무관심하다는 설명과 함께 '안전함'이라고
적혀 있었다. 안전함. 나는 그것이 누군지는 특정할 수 없지
만 함께 근무했던 복수의 동료들의 평가였다는 데 무엇보다
큰 상처를 받았다. 그곳에서 보낸 시간이 무너지는 듯한 느
낌이었다. 그렇게 대전으로 갔을 때 고모는 인권법연구소의
이 파견직을 소개했다. 체류비와 소정의 수당만 주어지는
일이었지만 그것이 고모의 제안이었기에 나는 받아들였다.

윤호가 있는 낭시는 파리에서 테제베를 타면 갈 수 있었지만 나는 한 번도 그러지 않았다. 하지만 도시가 셧다운이 되고 나서는 견딜 수 없을 정도로 그곳에 가보고 싶은 마음이 들었다. 언제든지 마음만 먹으면 갈 수 있고 내키지 않으면 가지 않을 수 있었을 때보다 아예 갈 수 없게 되었을 때, 마치 윤호라는 목적지를 떠올리며 여기에 온 것처럼. 맞은편의 생존자가 생존자라는 단어를 들어 보일 때마다 그 충동은 커져갔다. 나만 그런 건 아닌 듯했다. 셀린도 화해하지 못한 과거의 이들이 자주 꿈에 나타난다고 했다. 그러고 보면 이 팬데믹 시대에 그것은 모든 이들이 두 팔로 들어볼 수 있는 말이 아닌가 싶었다. 우리는 생존하고 싶다고. 전염병으로부터, 불행으로부터, 가난이나 상실이나 실패로부터.

출국 전 내가 유일하게 한 특별한 일은 영웅과 강화의 그 카페에 가본 것이었다. 오랜만에 만난 영웅은 전보다 많이 말랐지만 얼굴은 어딘가 말개 보였다. 프로덕션을 나와 편집기사로 가끔 일하는 것 이외에는 이제 영화 일은 하지 않는다고 했다. 카페는 강화식 두부 요리로 유명한 식당에서 조금 걸으면 있었고 아마 식당 손님들을 노리고 만든 것 같았다. 방앗간을 개조했다고 해서 좁은 가게를 떠올렸는데 도정공장이 아니었을까 싶을 정도로 크고 층고가 높았다.

그리고 80, 90년대 향수가 어린 빈티지 물건들로 장식되어 있었다. 그런 인테리어는 이제는 유행이 좀 지나기는 했지만 '여름 안에서'라는 카페 이름과는 잘 어울렸다. 영웅은 작은 카메라를 가지고 와서 우리의 식사와 대화와 이동을 모두 찍었다. 나는 내 허락 없이 사용할 경우 법적으로 대응하겠다고 했고 영웅은 그저 보관용이라고 설명했다. 자기는 영상을 찍어서 그걸 직업으로 삼는 일보다 간직하는 일에 더 열의를 가지고 있다고. 그리고 그건 어느 면에서나 실패가 아니라고.

"그래, 실패는 당연히 아니지만 그렇다면 뭐라고 이름 붙일 수 있을까?"

"이름을 붙인다고?"

"그러니까 내가 이렇게 사표를 낸 것과 너가 더이상 상영을 목적으로 하는 영화를 하지 않는 것."

영웅은 카메라를 만지작거리며 한동안 생각하더니 "글쎄, 그런 건 인생을 더 깊이 용인한다는 자세 아닐까?"라고 결론 내렸다. 영웅의 그 말은 그 무렵 읽고 있던 볼테르의 책과 함께 내가 힘껏 잡고 놓지 않는 것이 되었다. 『관용론』은 이영춘 부장이 권한 책 중 내가 읽기 시작한 유일한 책이었다. 그건 전에도 그랬고 앞으로도 그러리라는 예감이 들었다. 더는 그의 잔소리와 충고를 듣지 못해 아쉬웠지만 나중에라도 내가 책을 읽었다는 사실을 그가 안다면 조용히 기뻐하리라 생각했다. 『관용론』은 꽤 지루한 책이었지만 제주에서 서울에서 그리고 여기에서 반복해 읽었다. 그건 장 칼라스 사건에 대한 볼테르의 이런 물음 때문이었다.

프랑스 남부 툴루즈에 살던 68세의 상인 장 칼라스의 아들이 스스로 세상을 떠났다. 그는 매우 우울한 청년이었고 변호사가 되고자 했지만 개신교 신자라는 이유로 뜻을 이루지 못했다. 그 직업을 얻기 위해서는 가톨릭 신자임을 증명하는 증서가 필요했기 때문이다. 아들은 가족과 식사를 하다가 사라져 아래층 가게 문틀에서 생을 마쳤다. 뒤늦게 그를 발견한 부모는 울부짖으며 의사를 불렀고 치안판사에게도 신고했다. 하지만 사람들은 칼라스의 집 주위에 몰려들어 칼라스가 가톨릭으로 개종하려는 아들을 홧김에 살해했다고 외쳤다. 개신교도에 대한 그들의 그런 마녀사냥은 칼라스를 법의 심판대에 오르게 한다.

이후의 이야기는 끔찍한 것이었다. 정작 아들을 잃은 아버지가 법의 이름으로 처형당한다. 볼테르는 이 사건의 불합리와 맹점에 대해 조목조목 비판했고 후에 법원은 칼라스의 무죄를 선고한다. 이후 볼테르가 논하는 종교적 맹목과 그 참상에 대한 비판은 이미 알고 있는 논지였다. 내게 놀라웠던 건 볼테르의 마지막 물음이었다. "이렇듯 가장 거룩한 신앙심도 지나치면 범죄를 낳는다. 해서 어떤 이들은 자비나 관용, 그리고 신앙의 자유란 사실상 기만이라고 냉소하지만, 그러나 진정으로 반문하건대 자비나 관용, 신앙의 자유 자체가 과연 그같은 재앙을 초래한 적이 있었던가?"

'여름 안에서'의 사장은 당연히 처음 보는데도 어딘가 낯익었다. 내게 속은 것을 알았던 그 여름날의 풍경을 오세가 아주 놀랍도록 실감 나게 이야기해주었기 때문이었다. 나는 내게 전달되었어야 할 그 편지 덕분에 그가 사랑 전문가가 되었다는 오세의 말이 생각나서 잠깐 웃음을 참았다. 그러자 영웅이 "방금 누구 생각했어?" 하고 물었고 내가 아무 생각도 안 했다고 하자 거짓말하지 말라고 놀렸다.

"방금 누나 그 표정, 정말 기쁠 때만 나오는 표정이야."

계산을 하려는데 일견 무뚝뚝하고 강한 인상이었던 사장이 아주 살갑게 "맛은 있으셨나요?" 하고 물었다. 그리고 방금 자기가 옆집에서 얻어왔다며 갓 볶은 땅콩을 한줌 내밀었다. 나는 손을 내밀어 그 따끈따끈하고 작은 것을 받았다. 그리고 그제야 비로소 내가 받지 못했던 오세의 편지를 뒤늦게 쥐어본 기분이 들었다.

편지를 쓰던 날들에 셀린은 한국의 섬들에 대해 물었다. 자기는 바다를 좋아하고 나중에 수면에 누워 뜬 채로 눈을 감는 것이 소원인데 한국에도 그런 곳들이 있느냐고. 나는 당연히 있다고 했다. 하지만 나중에라도 그런 섬에 갈 때는 말이야, 셀린, 꼭 네가 왔다는 걸 알리고 인사를 해야 한다, 고 덧붙였다. 알려야 해, 너라는 사람이 여기 와 있다는 것을.

"누구에게? 출입국관리사무소? 이민국?"

맞은편 커튼이 다시 열리고 이제는 슬리퍼의 발끝만 보아도 알아볼 수 있는, 그 박수를 받아 마땅한 생존자가 나타났을 때 나는 "모두에게"라고 말했다.

특히 섬의 오래된 신과 보리밭에, 해녀들에게, 고양이를 닮은 돌과 어설픈 낚시찌는 도무지 물지 않는 물고기에게, 뿔소라 껍데기로 장식된 담장과 설운애기들이 잠들어 있는 무덤에게, 온전히 걸어야만 이동할 수 있어서 좀 화가 난 관광객들과 태풍이 불면 보름쯤은 모두 사라졌다가 가장 작은 개체부터 나타나 다시 삶을 시작하는 갯강구들에게, 아무리 잘 빗어놓아도 머리를 다 흩뜨려놓는 바닷바람과 부두에 정박한 배들에게, 오늘도 끊이지 않는 민원들을 해결하느라 스쿠터를 타고 바쁠 미혜씨와 꿈의 변경이 용인되어 섬으로 돌아와 있는 오세에게, 그리고 다 녹아버린 아이스크림이라도 냉동고에 넣으면 얼마든지 다시 우리가 누릴 수 있는 것이 된다고 말할 줄 알았던 현명한 나의 친구, 복자에게.

복자야,

우체통은 시청역 4번 출구 앞에 정말 있어. 거기에 그게 있다는 건 누가 어떻게 할 수 없는 사실이야. 나는 한국으로 돌아가자마자 그곳에서 이 편지를 부칠 거야. 그때까지 다만, 요망지게, 안녕해.

＊39쪽 이영춘 부장판사의 말 중 '습설'이라는 표현은 『주간동아』 1207호 54~58페이지 인터뷰 기사를 참고했다.

＊109~110쪽 법대생 시절 피고인을 처음 보고 충격을 받은 일화에 대해서는 정재민 전 판사의 에세이 『지금부터 재판을 시작하겠습니다』(창비, 2018)를 참고했다.

＊155~157쪽 이규정에 대한 상고기각 판결문은 실제 판결문을 기초로 재편집했으나 특정 사건과는 관련이 없다.

＊174~175쪽 재판연구관과 관련한 정보는 「나는 여성 판사가 아니라 그냥 판사입니다」(경향신문, 2018. 8. 2.)를 참고했다.

＊187~190쪽 정희 고모의 편지 내용은 박귀천의 「모(母)의 업무에 기인한 태아의 건강 손상에 대한 책임—생명, 젠더, 노동에 대한 질문」(『법학논집』 제22권 제2호)을 참고했다.

＊199쪽 어린아이들에게 '돌킹이'라는 별명을 붙인다는 일화는 현택훈의 『제주어 마음사전』(걷는사람, 2019)을 참고했다.

＊200~201쪽 무복을 입은 피고에 대한 언급과 판사복에 대한 판사들의 태도에 관해서는 정재민 전 판사의 『지금부터 재판을 시작하겠습니다』를 참고했다.

＊224~226쪽 자장가는 제주 구좌읍에 전해지는 〈애기 흥그는 소리〉(김순남 구술편)에서 발췌했고 가사의 순서는 맥락상 편집했다.

＊234~235쪽 볼테르의 『관용론』의 내용은 한길사의 2019년 개정판(송기형, 임미경 옮김)을 참고했다.

결코 미워하지 않을 날들에 대한 이야기

2018년 제주의 한 섬에서 가을을 보내던 나는 때로 본섬으로 나와 취재를 다니곤 했는데 그때의 특별한 고독을 소중하게 간직하고 있다. 이를테면 탑동의 한 숙소에서 조식을 먹다가 식당에서 틀어놓은 라디오 뉴스를 듣고 나도 모르게 오래 울었던 기억. 그건 한 엄마와 아이에 관한 뉴스였고 아무리 감정을 추스르려 해도 되지 않았다. 결국 밥을 다 먹지 못하고 식당에서 나와 방에서 마저 울고 나서야 함덕으로 향할 수 있었다.

그날 함덕의 바닷가에서는 어디서 왔는지 아주 텅 빈 얼굴로 해변을 돌아다니는 '강셍이'를 보았다. 손을 내밀어 부르고 싶었지만 강생이는 마치 그 자리에 없는 사람처럼 나를 비껴가버렸다. 본섬에서의 취재를 다 마치고 나서도 나는 내가 여기서 본 것들을 쓸 날은 없으리라고 생각했다. 쓰지 않겠다기보다는 쓸 수 없을 듯했다.

『복자에게』는 제주의 한 의료원에서 일어난 산재사건과 그 소송을 모티프로 하고 있다. 하지만 그 전개 과정은 각색되었거나 허구이며 특히 복자라는 인물은 창작된 인물임을 밝히고 싶다. 그럼에도 그 산재 인정을 위해 무려 팔 년간 싸워온 분들의 투쟁이 없었다면 이런 이야기를 소설로 가져와 여성 노동자들의 권리에 대해 짚어볼 용기를 내지 못했을 것이다. 나는 그 사건을 알고 나서야 제주에 대해 써보고 싶다는 막연한 열의를 실행에 옮길 수 있었다. 성산법원 또한 실제 제주의 어떤 법원과도 상관성이 없다. 특히 현실에서는 행정법원이 없는 지방의 행정소송이라 할지라도 본원이 아닌 지원이 재판을 맡는 경우는 없다는 점을 밝혀두고 싶다.

이영초롱과 복자 그리고 고오세가 유년을 함께한 섬, 고고리 역시 '이삭'이라는 뜻의 제주어를 붙여 만든 가상의 공간이다. 2018년 내가 머물렀던 제주의 섬이 영감을 불어넣

어준 것은 사실이나 실제 인물이나 사건과는 관련 없으며 허구적으로 다시 쓰였다는 점을 밝혀둔다. 하지만 그 섬에서의 계절이 아니었다면 나는 이렇듯 애정을 담아 소설을 쓰지 못했을 것이다. 지금도 자전거를 타고 그 섬의 둘레길을 신나게 달리던 날들이 내 생의 가장 큰 환희처럼 느껴진다. 섬에 유일한 닭강정집이 생겼다는 소식에 만사를 제쳐두고 달려갔던 날도. 하지만 슬프게도 그 닭강정집은 개점전이어서 낙담한 표정으로 되돌아오던 날이. 그 섬에서는 바로 그런 일들이 내게 중요한 사건이었고 그래서 마음껏 행복했다.

보말 중에는 너무 써서 잘못 먹으면 배탈이 나는 종이 있다는 걸 모른 채 해변에서 잡아다 국을 끓여먹은 일도 기억난다. 그런 우리 일행을 섬 주민분이 보며 놀라다가 그래도 입에 쓴 것이 몸에는 좋다며 특별하게 위로했던 일이. 그 섬을 떠나던 마지막날, 나는 섬의 어린아이들이 잠들어 있는 무덤에 대해 들었다. 지금은 아니지만 과거에는 그렇듯 서러운 죽음이 많았다고. 하지만 지금은 아니라고 선뜻 동의할 수 없었기에 나는 그 말을 잊을 수가 없었다.

섬은 나에게 그런 존재였고 『복자에게』의 고고리섬이 상상 속 공간이라 할지라도 내가 받은 그곳에서의 이 깊은 위안과 포용이 전해지기를 바랐다. 섬의 해녀분들이 보여준 거룩한 노동의 자세와, 생활을 책임지는 자들이 가질 때 한 없이 삶을 부드럽게 만드는 넉넉한 위트들도. 이 자리를 빌려 모두에게 감사드린다. 그리고 당연히 그립다고도.

『복자에게』가 출간되기까지 도움을 받은 분들이 많다. 이영초롱의 직업을 판사로 정한 데는 법원에 가서 했던 강연이 계기가 되었다. 질의응답 시간에 참여한 판사들의 고민을 전해들으며 이 직업이 가지고 있는 어려움과 인간적 고뇌에 대해 생각하게 됐다. 강연에 초대해주시고, 조언을 해주신 여러 판사님들께 감사의 말씀을 드린다. 소설을 쓰면서 어렵게 느껴졌던 것 중 하나는 낯선 제주어였다. 힘이 닿는 데까지 공부해서 번역하듯 문장을 옮겨봤지만 그런 일종의 문어투들을 고치는 일은 문학동네 편집부 김내리씨와 그의 제주 친구들, 그리고 관리부 박옥희 부장님의 도움으로 가능했다. 소설 속 제주어들이 실감을 획득했다면 모두 이분들 덕분이다. 다정한 감사의 인사를 드린다. 항상 든든한 조력자가 되어주는 정은진 편집자님과 용기를 주는 가족들에게도 고마움을 전한다.

소설을 다 쓰고 난 지금, 소설의 한 문장을 고르라고 한다면 나는 실패를 미워했어, 라는 말을 선택하고 싶다. 삶이 계속되는 한 우리의 실패는 아프게도 계속되겠지만 그것이 삶 자체의 실패가 되게는 하지 말자고, 절대로 지지 않겠다는 선언보다 필요한 것은 그조차도 용인하면서 계속되는 삶이라고 다짐하기 위해 이 소설을 썼는지도 모르겠다는 생각이 든다. 종교는 그렇듯 버텨내는 자들에게 기꺼이 복을 약속하지만 소설은 무엇도 약속할 수 없어 이렇듯 길고 긴 이야기를 할 수밖에 없었다고.

소설을 읽어주는 독자분들께 감사드린다. 모두에게 끊이지 않고 흐르는 박수를 보내드리고 싶다.

이 여름의 무게를 기억하며
2020년 8월 김금희

문학동네 장편소설
복자에게
ⓒ 김금희 2020

1판 1쇄 2020년 9월 9일
1판 9쇄 2024년 7월 23일

지은이 김금희
책임편집 정은진 | 편집 이상술
디자인 김이정 최미영 | 저작권 박지영 형소진 최은진 오서영
마케팅 정민호 서지화 한민아 이민경 안남영 왕지경 정경주 김수인 김혜원
      김하연 김예진
브랜딩 함유지 함근아 박민재 김희숙 이송이 박다솔 조다현 정승민 배진성
제작 강신은 김동욱 이순호 | 제작처 한영문화사(인쇄) 경일제책사(제본)

펴낸곳 (주)문학동네 | 펴낸이 김소영
출판등록 1993년 10월 22일 제2003-000045호
주소 10881 경기도 파주시 회동길 210
전자우편 editor@munhak.com
대표전화 031) 955-8888 | 팩스 031) 955-8855
문의전화 031) 955-2696(마케팅) 031) 955-1906(편집)
문학동네카페 http://cafe.naver.com/mhdn
인스타그램 @munhakdongne | 트위터 @munhakdongne
북클럽문학동네 http://bookclubmunhak.com

ISBN 978-89-546-7449-2 03810

www.munhak.com